내가 없는 쓰기

이수명

ㄴㄴ > < ㄷㄷ

책머리에

이 책은 앞으로 5년간 쓰일 날짜 없는 일기의 첫 권에 해당한다. 2022년 1월부터 12월까지 1년 동안 쓴 글들을 묶은 것이다. 월별로 나뉘어 열두 장이다. 처음 쓰기 시작했을 때도 그랬지만 지금 원고를 탈고하면서도 이 책의 성격에 대해 말하기가 쉽지 않다고 느낀다. 시를 쓰는 사람이 맞닥뜨렸을 언어의 편린들을 주워올린 일종의 문학 일기라고 할 수 있는데, 꼭 그렇게만 볼 수는 없고 에세이나 단상이라고 해도 이상하지 않다. 그것들 전부이면서 그냥 단순히 자투리 글, 메모로 보이기도 한다. 글이나 시에 대한 생각 옆에 무심하게 펼쳐져 있는 시공간과 일상, 사물들과 현상들이 이리저리 스케치되는 까닭이다. 문학과 문학 아닌 것의 경계가, 시어와 시어 아닌 것의 차이가 늘 뚜렷한 것은 아니다. 아니, 이 경계와 차이를 의식하면서도 이것이 흐려지는 순간을 포착하려고 했는지 모른다. 그러기 위해서 일정하지 않게 언어와 생각이 유출되는 것을 따라가본 글이다. 여러 모습으로 펼쳐지는 글이 되도록 그냥 두는 쪽에 가까웠다고 할 수 있다.

무엇보다 지금까지 경험해보지 않은, 다소 방만한 쓰기이다. 시는 어떻게 써도 구조가 생기기 때문에, 구조와 싸우기 때문에 압력이 발생한다. 압력의 매력, 압력의 신비가 시쓰기일 것이다. 그래서 구조가 없고 문학적 외양도 갖추지 않은 이런 글을 왜 쓰는가에 대한 생각을 하기도 했다. 어떤 생산성이 있는지 짐작하기 어려운 까닭이다. 동시에 바로 그러한 이유로, 이것이 문학의 전후에나 해당할 것이기 때문에 시도하고 싶었던 것 같다. 문학적 외관을 갖추지 않은 쓰기에 들어서는 일이 나의 그동안의 시쓰기에 어떤 방식으로 연결되는지, 어떤 변화를 가져올지 경험해보고 싶은 마음이랄까. 무슨 일이 일어날지, 도중에 쓰기의 의식이 발생하는 순간을 직면하게 될지, 그것은 누구의 의식인지 등등, 익지 않은 생각들의 각축은 문학적 외관을 갖추지 않은 이와 같은 쓰기에 더 많이 열려 있을 것이다.

자유롭게 썼지만 그러기 위해서 살짝 염두에 둔 것은 있다. 이러한 흘러가기로서의 쓰기를 매 장면에서 실천해보려 했다는 점이다. 글이 움직이다가 형체를 이루거나 시처럼 이미지가 형성되려고 하면, 돌아나와 느슨한 호흡을 유지하고자 했다. 시가 되려는 긴장으로 들어서지 않고 평등하고 사소한 직시로 향하는 것이다. 미적 형식의 힘보다는 잠재적인 방향의 넓이를 떠올렸다. 글을 미결 상태로 남겨둔 것이라 할 수 있다. 그러므로 이 실천은 구조와 완성에 이르지 않는 실천이고, 세계를 이루지 않는 실천이다.

비교적 규칙적으로 썼다. 하루에 몇 줄, 한 단락 정도를 넘지 않았다. 한꺼번에 쓰지 않고 아주 조금씩만 늘어나게 했다. 오래 붙잡고 있기보다는 자주 들락거리면서 환기하는 쪽이었다. 환기를 할수록 내가 없어지는 것 같았다. 그래서인지 시간이 지나면서 이 글쓰기는 좀 다른 느낌을 주었다. 내가 글을 쓰는 것은 맞는데, 몇 마디의 언어, 몇 줄의 글에 내가, 하루가 의탁한다는 것이다. 날마다 언어에게 말을 걸고 언어가 태어나는 것은 뭐랄까, 글쓰기의 실행으로 보이지만 사실은 언어를 통해 내가 실행되는 것에 가깝다. 글이 나를 쓴다. 그렇게 지난 한 해를 건넜다.

풀이 높이 자라나오는 계절이다. 그동안 짧은 에세이들을 더러 쓰기는 했지만 일기 형식에 얹어 이런 방향 없는 글을 집필한 것은 처음이다. 어떠한 글이든지 하고 싶은 대로 써보라고 한 난다의 김민정님에게 감사를 전한다. 권유가 아니었으면 새로운 풀들이 웃자라 있는 풀밭을 모르고 지나갔을 것이다. 원고를 읽어주고 검토해준 김동휘님에게도 감사를 전한다.

2023년 6월
이수명

차례

1

창을 열고 심호흡을 한다. 이사한 집이 아직 적응은 되지 않는데, 창을 열면 겨울의 높고 차고 맑은 기운이 밀려와 마음을 안정시킨다. 창을 여는 것이 하루의 중요한 출발점이다. 창을 열고 싶어 얼른 일어나기도 한다. 새로운 하루, 새로운 한 해가 어떤 모습으로 오는지는 모른다. 다만 창을 열고 오늘을 이렇게 맞이하는 느낌, 약간은 비밀스럽고 평화롭다. 아주 멀리까지 아파트와 건물들이 보인다.

2

물을 끓인다. 아침의 물 끓이는 소리, 오후의 물 끓이는 소리, 하루에 어떤 전환을 주고 싶을 때 물을 끓인다. 포트에서 물이 끓는 소리를 멍하니 듣고 있으면, 그리고 뜨거운 물을 컵에 부으면, 바닥이 난 것 같은 마음에 순진한, 새삼스러운 열렬함이 모여드는 것 같다. 손에 집히는 대로 아무 티백이나 넣는다. 곧 건져낸다. 마음에 드는 맛이 아니다. 향도 성에 차지 않는다. 그러나 이러한 부족함이 별로 거슬리지 않는다. 흡족함을 그렇게 추구하지 않는다. 부족함, 미진함, 마음에 꼭 들지 않는 것들이, 컵을 두 손으로 감싸게 한 새삼스러운 열렬함에 방해가 되지 않는다. 맛을 들여다본다. 맛이 그 전체를 흐리지 못한 물을 가만히 들여다본다.

3

의자에서 일어났다가 앉았다가 다시 일어나고 앉는다. 어떤 생각이 나지 않아서 일어나고, 또 어떤 생각을 벗어나느라고 일어난다. 일어나서 한 바퀴 돌고 서성이다가 의자로 돌아오는 하루다. 의자에 앉으면 일을 한다. 앉아서 일을 못하고 오래 뭉갤 때도 있다. 시를 쓰는 일은 여전히 이상하다. 오래 안 되다가 되기도 한다. 갑자기 어떻게 문이 열리는지 모르겠다. 또 일의 진전이 오랜 시간의 투여 덕분인지도 잘 모르겠다. 시간이 별로 들어가지 않은 시와 완성하는 데 오래 걸린 시를 놓고 만족도를 비교할 수 없다. 완성에는 시간 말고 다른 요소들도 개입하기 때문일 것이다. 또 한편으로 완성이라는 것도 한순간 그렇게 보일 뿐이라는 생각을 한다. 단어 하나만 건드리면 전체가 다시 휘청인다.

4

휘청이지 않는 시에 대해 잠깐 생각한다. 단어 한
두 개가 빠지거나 다른 위치에 놓여도, 행이나 연이
통째로 순서가 바뀌어도, 잠깐 흔들릴 뿐 곧 유려하게
흘러가는 시에 대해 생각한다. 어떠한 통찰이나 논리
에 장악되지 않는, 감정의 행패를 흘려보낼 줄 아는,
그리하여 스스로 핵심이 사라져서 그 무엇을 덜어내
도 훼손되지 않고 여전히 넓은, 그런 시에 대해 생각
한다. 어두워도 반짝이는, 어두운 부분도 반짝이는 시
에 대해 생각한다. 위태로울 뿐 휘청이지 않는 시에
대해 생각한다.

5

외출을 했다. 아파트 정문을 나서니 단지 진입로에 길게 상들이 보였다. 크거나 작은, 둥글거나 사각형의 교자상들이 바닥에 펼쳐져 있었다. 판매하는 사람은 보이지 않고 정교하게 칠이 된 상들만 자태를 드러내고 있었다. 천천히 걸으며 하나씩 감상했다. 상은 길거리를 오가는 사람들의 굴곡진 표정과는 판이하게, 주름 없는 표면 그 자체였다. 구김 없는 공간이 바로 여기 있다고 보여주는 것 같았다. 매끈함은 아름다움이라기보다는 차라리 해방감에 가깝다. 그 위에 비행접시같이 생긴 흰 접시를 올리면 좋겠다고 생각했다. 어떤 게 좋을지 고르다가 아무것도 올리지 않아도 괜찮을 것이었다. 상이 있어서 지상을 환대할 수 있는 것 아닌가. 상이 있어서 마주앉고 우리는 다시 환담을 할 수 있다.

6

걸어서 집으로 돌아왔다. 늦은 오후였고 퇴근길이 시작되는 모양인지 차량이 많아지고 있었다. 신호등 앞에 서 있었다. 신호가 바뀌는 것 외에 기다리는 것은 아무것도 없었다. 아무것도 기다리지 않는다. 기다림으로 어떤 일이 발생하거나 발생하지 않는다. 어떤 일이라는 것이 발생해도 나를 보지 못하고 지나친다. 나를 향한 타자의 시선과 등장을 이야기하는 사르트르의 생각이 떠오른다. 타자의 시선이 나를 객체로 만들어버린다는 그 대칭성이 와닿지 않는다. 내가 느끼기에 타자는 나를 보지 않는다. 이전에도 그랬고 이후에도 보지 못할 것이다. 타자는 나를 보지 않는 자이다. 타자가 나를 보지 못함을 나는 본다.

차량의 흐름을 보며 생각했다. 세계는 나를 보지 않는다. 나는 누락되었다. 누락된 자다. 앞사람을 앞질러

나아가는 사람을 보았다. 그에 의해 뒤처지는 사람을 보았다. 앞으로 뒤로 밀려가고 밀려오며 겹으로 일렁이는 사람들을 보았다. 사람들의 누적 속에 나는 누락되었다. 보푸라기 한 올처럼 떨어져나갔다. 내가 기다림을 갖지 않기 때문일까. 신호가 바뀌는 것 외에는.

7

기다림, 무엇이 오기를 바라는 것. 그러나 무엇이 오는 것은 두려운 일이다. 오기를 바라는 것은 두려운 일이다. 기다림은 두려움을 소망으로 역전시켜 경험하는 것이다. 두려움을 지우고 그 자리에 소망의 입김을 뿌리는 일이다.

기다리지 않고, 바라지 않고, 뒤돌아서 나는 쓴다. 향하지 않는다. 쓰는 것은 바라는 것으로부터 자유로워지는 것이다. 자유로워지기를 바라는 것이 아니다. 쓰는 동안 나는 기다림과 두려움으로부터 조금 놓여난다. 쓰면서 기다림과 두려움과 그 비슷한 것들, 그것들을 역전한 것들에서 한걸음 떨어진다. 쓰기는 멀어지기이다. 틈을 만드는 것이다. 그 틈으로 호흡한다.

기다리지 않고 쓴다. 무엇인지 모른 채 쓴다. 의식의 결락이 일어난다.

8

아직 어두운 새벽인데 눈을 뜨고 그냥 누워 있었
다. 몇 번의 경험 끝에 시간을 보지 않는 편이 더 낫다
는 것을 알게 되었다. 어둠 속에서 나를 깨운 것이 무
엇인지도 생각해보지 않게 되었다. 어떤 고통이 나를
주시하고 있으며, 어떤 망설임이 나를 건드리고 있는
지, 어떤 재촉이 나의 비非행동을 엿보고 있는지도. 무
엇에 의해서든, 어찌됐든, 나는 깨어난 것이다. 나를
깨운 것의 정체를 알고 싶지 않다.

새벽에 누워 있으면 내가 새벽 위에 누워 있다는
느낌이 든다. 밤새 어딘가를 흘러다니다가 비로소 가
파른 새벽 위에 누운 것이다. 이것은 이상한 멈춤이고
불가능한 멈춤이고 그런데도 순조로운 멈춤이어서
아무런 후회도 들지 않는다. 지금까지 나도 모르게 흘
러온 나날이 적절했다는 안도마저 느낀다. 새벽에 누

워 있으면, 의자가 삐걱대는 소리나 문을 여닫는 소리
에 묻은 울분 없이 그냥 정적 속에 누워 있으면, 내가
그 나날이 되는 것 같다. 나는 1월 11일이다.

9

하루에도 몇 번씩 베란다 너머로 집밖의 풍경을 바라본다. 집이 높은 층일 때는 그러지 못했는데 지금은 3층이어서 눈이 낮은 곳을 향하게 되고 어김없이 주차해 있는 차들을 본다. 나란히 주차해 있거나 일렬로 늘어서 있는 차들, 나가거나 들어오는 차들을 무심히 바라본다. 지하 주차장에 넣어놓은 차를 운전한 지 한 달이 다 된 것 같다. 운전을 하거나 하지 않거나, 천천히 달리거나 빠르게 달리거나 큰 차이가 있는 것 같지 않다. 삶에 변화가 있는 것도 아니다. 삶은 변화가 아니다. 문득 멈춰 섰다가 다시 움직이는 것, 내가 감지할 수 있는 것은 이것뿐이다.

때로 정지의 시간이 나를 붙잡는다. 차로 달려도 달리지 않는 것 같은 때도 있다. 갓길에 정지해 다시 차량의 흐름에 합류할 수 없을 것 같은 느낌을 갖기도 한다. 갓길이 많다. 달리다 문득 갓길로 들어선 것은 어느 순간들이었을까. 일곱 살이나 여덟 살? 열여덟? 서른다섯? 지금 이 순간도 갓길에서 멈춰 있는 것이 아닐까. 여기서 다시 움직일 수 없을지도 모른다.

위층에서 못을 박는다. 벽에 못 박는 소리를 넋 나간 듯 듣는다. 하나가 잘 박히지 않는지 떨어진 못을 반복해서 같은 자리에 박는 것 같다. 이번에는 그가 실패하지 않도록 나는 움직이지 않고 가만히 있는다. 못에 무엇을 걸려는 걸까, 잠시 생각해본다. 달력이나 사진, 그림을 걸려는 걸까. 그냥 옷을 걸려는 걸까. 옷 위에 옷 위에 옷을 마구 겹쳐서 걸지도 모른다. 그래서 무슨 옷을 걸었는지 잊어버리고 가장 밖에 걸린 옷만 입고 다니는 사람이 떠오른다.

11

써야 할 글이 몇 개 있다. 어느 시인의 시집에 덧붙이는 해설과 올해 출간될 산문집 앞에 수록될 서문, 그리고 잡지사에 줄 시 몇 편이다. 해설을 원고지 10매가량 쓴 채 내버려둔 지 일주일이 넘었다. 쓰다가 멈추고 퇴진하고 다시 며칠 지나 쓰던 글에 들어가면 여기저기 산포해 있는 흥분을 맞닥뜨린다. 흥분을 누그러뜨려 살아 있는 호흡으로 전환해본다. 흥분이 살아 있는 것이고 살아 있는 것이 흥분과 다르지 않기에 이것은 쉽지 않다. 문학은 어느 정도 흥분이기도 하다. 해설도, 서문도, 시도 각각의 방식으로 흥분을 머금고 있다. 흥분은 서툰 도취와 비슷하다. 인상적인 글은 도취에 물든 흥분을 지닌다. 흥분은 글이 진행중이라는 신호다.

그러나 한편으로 흥분은 글을 죽인다. 흥분은 글을

1월   027

쓰는 자가 튀어나오는 것이다. 그는 어지럽게, 아름답게, 횡설수설한다. 그는 비틀거리며 유혹한다. 흥분은 글을 쓰는 자가 글이 아니라 자신을 쓰는 것이다. 흥분을 누그러뜨려 말의 살아 있는 운동으로 전환해본다. 이전 글에 들어 있는 흥분을 다독이고 베어내 글을 쓰는 자를 제압하는 것이다. 글을 쓰는 것은 글을 쓰는 자를 제어하는 것이다. 단지 글이 움직이게 하는 것이다.

　이것이 불가능할지도 모른다. 어쩌면 오늘의 새로운 흥분으로 이전의 흥분을 대체하는 것인지도 모른다. 그래도 흥분을 수습하면서 오늘의 길을 간다.

12

긴 글을 써야 할 때는 짧은 글을 쓰고 싶고 짧은 글을 써야 할 때는 길게 쓰고 싶다. 상황에 맞춤이 잘 안 된다. 이 느낌은 책을 볼 때도 생긴다. 글이 좋을 때, 긴 글일 때는 좀 압축되면 좋았을 텐데 생각하고 짧은 글일 때는 더 길게 더 오래 보고 싶다는 생각을 한다. 이렇게 비뚤어진 욕망을 의식하고 나면 글은 빠져나간다. 무엇을 읽었는지 잘 모르게 된다.

13

커튼을 걷고 밖의 흐린 날씨를 한참 동안 바라본다. 고개를 돌려 집안을 바라본다. 무슨 일을 하게 된다. 흐트러진 의자를 나란히 놓는다. 식탁 의자까지 합해 의자가 거실에만 여섯 개다. 의자 위에 방석들을 가지런히 놓는다. 의자들 사이를 왔다갔다하다가 한 의자에 앉는다. 앞 베란다 쪽에 놓인 테이블에 딸린 의자다. 의자에 앉아 다시 밖을 바라본다. 여전히 흐린 날씨다. 테이블에 있는 신문을 펼쳐본다. 읽지는 않고 넘긴다. 신문 넘기는 소리가 정적을 흩트린다. 그 소리는 몇 번을 들어도 익숙해지지 않는다. 읽히지도 않고 손에 잡힌 신문이 여기저기 구겨진다. 일어나서 이번에는 주방 쪽 냉장고 근처의 의자에 앉는다. 주방의 작은 창 너머로도 흐린 날씨다. 아무것도 기록할 수 없는 날이다. 이 의자 저 의자에 앉았다가 일어서면 하루가 저문다.

14

멀리 가까이 겨울나무 마른 가지들이 보인다. 좀처럼 움직이지 않는다. 어제도 그랬고 오늘도 그렇다. 내일도 그럴까. 저렇게 정지해 있는 나무들이, 밑도 끝도 없이 숨죽인 나무들이 그로테스크하다. 우리는 따로 떨어져 움직이지 않는 나무들을 가만두지 않는다. 그 가지들을 연결해서, 나무들을 연결해서, 나무들의 전체를 보려 한다. 나무에서 나무도 보고 나무 아닌 어떤 것도 그려본다. 무엇을 보고 싶은지는 모른다. 우리는 나무를 잘 알지 못한다. 우리는 그냥 나무를 떠나고 싶은지도 모른다. 풍경은 몰이해의 산물이다. 이해하지 못할 때 대상은 가까이 다가와 풍경으로 머문다. 그래서 또 풍경은 매력이 있다. 베란다에서 내다보이는 겨울 풍경에 손을 흔들어준다. 저렇게 옴짝달싹도 하지 않는 나무들이 내일이면 거짓말처럼 모두 사라져버릴 것 같다.

15

여덟번째 시집 출간을 기다리고 있다. 출판사에 재교지까지 보내놓은 상태다. 제목은 『도시가스』. 한번 떠오르면 바로 제목이 되는 것들이 있는데 『물류창고』처럼 『도시가스』도 그렇다. 시집을 낼 때마다 더쓸 것이 남아 있지 않다는 생각을 한다. 하지만 남김없이 털어낸 듯해도 다음 시집이 이어진다. 다음 시집을 내는 것은 지금의 내가 아니라 다음 시인일 것이다. 나는 계속 다음 시인이 될 수 있을까.

시집이 출간되고 나면 약간의 설렘이 있는데, 그것은 출간 시집에 대한 것이 아니다. 작별에 대한 설렘이다. 시집으로 묶은 시들을 떠나보내고 빈손으로 남는 설렘이다. 나는 다시 아무것도 남지 않게 될 것이다. 다시 어릴 적 맨 처음 시를 쓰던 때로 돌아가는 것과 비슷하다. 다시 허허벌판에 서게 되고 다시 어찌해야 할 줄을 모르는, 그 무지의 상태가 설렌다.

십대 시절, 아무것도 모르는 채 쏟아내고는 했다. 쏘다니면서, 내가 쓰는 것이 글이라는 생각을 하지도 못하면서, 언어들이 나를 파국으로 이끌 것이라는 그 막연한 두려움을 바라보면서. 이십대에 들어와 그것이 시라는 형태를 띤다고 생각했을 때도 언제나, 혼돈 속으로 손을 내밀었던 어린 시절의 심연으로 돌아가 나를 회복하곤 했다. 그것이 시인지 아닌지는 중요하지 않다. 책을 내고 나면 그 고적한 불명의 위기가 매번 다시 찾아오고, 새로운 글을 쓸 수 있게 했다.

새 시집이 나오고 나면 이번에도 시집을 들추다 말고 책상에 앉아 커피를 마실 것이다. 커피를 다 마시고 일어나서 여러 시인의 시집이 섞여 있는 책꽂이에 새 시집을 꽂을 것이다. 시집이 나와 분리되어 겪게 될 운명에 둔감해지기 시작하는 시간이다.

2월

1

　오전의 빛과 오후의 빛이 사뭇 다르다. 전에 살던 집은 남향이어서 겨울 오전에 해가 거실 가득 들어왔다. 소파에 앉아 커피를 마시며 햇빛에 발을 녹였다. 커피가 흐리거나 진한 것과 무관하게 빛은 일정하고 선명했다. "비만하고 노둔魯鈍한 오후의 예의 대신에 놀라운 오전의 생리"에 감탄했던 김기림의 눈으로 오전을 바라보곤 했다.

　동향집으로 이사 왔을 때 제일 처음 발견한 것은 서향 빛이었다. 이른 아침 짧게 들어오는 빛은 놓치기 일쑤고, 오후 세시가 되면 주방과 작은 베란다로 기울어가는 해를 만났다. 사양斜陽이다. 그리하여 거의 날마다 스러지기 직전의 빛을 보게 되었다. 빛이기는 하되 형식을 잃어버린 빛이라고 할까. 형식이 있어도 각도가 사라진 빛이라고 할까. 오전의 빛이 깊이를

가지고 있다면 사양은 흔들리며 넓게 퍼진다. 그것은
민감하고 낮은 목소리로 계속 무언가를 고백한다. 그
위태롭고 불안한 모습에 숨죽이고 멈추어 서곤 한다.
그러나 시간이 더 지나면 이 불안도 사라질 것이다.
어둠이 오는 것이다. 불안은 우리가 유일하게 이해할
수 있는 죽음의 신호다.

2

밖을 내다보니 실외를 가로지르는 사람이 있다. 안에서는 내가 실내를 가로지른다. 그러다가 실외가 그를 에워싸고, 나도 걸음을 멈추고 실내 속으로 정지한다. 그는 나를 모르고 나는 그를 모른다. 나는 지금 창을 통해 그를 바라본다. 창은 무사하고 공평하다. 창은 낮 동안에 밖을 보여주다가 불이 켜지는 저녁이 오면 안을 비춰준다. 실외와 실내가 공평하게 번갈아 창에 담긴다. 한꺼번에 겹치지는 않으며 서로 부딪치지도 않는다. 나는 지금 그를 바라보지만 시간이 지나면 창에 비친 나를 바라보게 될 것이다. 나를 그라고 꿈결처럼 생각할지도 모른다.

3

　노트북을 연다. 키보드를 두드리는 소리, 이 소리
는 건조하다. 주위에 아무 소리도 나지 않아서 내가
겨우 의지하는 이 소리는 건조하다. 병렬하는 키들,
평행한 위치, 대칭적 기호. 나는 글을 쓰는 게 아니고
키들의 소리를 듣고 있다. 키들이 내는 기계적 소리는
깨끗하다. 이 위에 숨소리를 얹는다. 숨소리는 깨끗하
지도 건조하지도 않다. 불규칙적이고 불명확하다. 숨
소리가 내 안에 있는지 밖에 있는지도 모르겠다. 다만
소리들이 부딪치고 힘없이 꺾이는 것만 알겠다. 키보
드의 단조로운 소리를 따라 숨소리가 점점 낮아지고
그러나 결국은 고르게 되어가는 오후다.

4

내가 어둠에 포위되어 있어서 아무도 나를 보지 못한다. 내가 이 동네, 골목 양쪽 길에 늘어서 있는 상점들에 포위되어 있어서 아무도 나를 보지 못한다. 내가 갈수록 좁아지는 이 길을 하루에도 몇 번씩 오가며, 생략할 수 없는 길의 반복에 포위되어 있어서 아무도 나를 보지 못한다. 그리하여 빠져나갈 수 없는 육체에 포위되어 있어서 아무도 나를 보지 못한다. 나는 늙어가고 있으며, 늙음에 포위되어 있어서 아무도 나를 보지 못한다.

5

카프카의 책을 찾으려고 책꽂이를 몇 번씩이나 오간다. 마지막에 꽂은 자리를 아무리 찾아봐도 없다. 나는 지금 카프카의 음성을 듣고 싶어 그의 책을 찾는 중이다. 그가 무슨 말을 하는지는 그다지 중요하지 않다. 그의 명료한 횡설수설이 좋지만 지금은 단지 그의 고독한 음성을 느끼고 싶다. 지금 내게 그의 고독한 울림이 필요하다.

고독은 고립의 지점에 있다. 카프카의 음성은 반향이 없는 음성이다. 고립으로 떨어져나간 자의 것이다. 작가가 보여주는 고립은 음성을 넘어 형상을 보여준다. 작가는 자신이 서 있는 고독한 극지를 보여주는 하나의 현상이다. 구체적인 형상으로 존재하는 현상이다. 우리는 작가를 통해 고립이 어떻게 생겼는지 알 수 있다. 그리고 작가가 들려주는 낮은 음성은 이 세계에 존재하는 고립들에 접속된다. 고립이 돌파되는 것이다. 돌파되는 순간 또한 고립은 발견된다. 나는 지금 카프카에 접속되길 바란다.

물론 좀더 찾아보다가 없으면 할 수 없다. 음성의 결이 다른 들뢰즈의 『소수 집단의 문학을 위하여』를 아무데나 펼쳐볼 수밖에 없다. 카프카의 음성을 원했지만 들뢰즈의 음성에 연결을 시도할 수 있다. 거기에는 카프카를 관통하는 들뢰즈가 있고, 들뢰즈를 통해 굴절된 카프카가 있고, 이러한 애매한 연결을 통해 불협화와 충돌과 내가 성급하게 그리는 접속을 한꺼번에 맛볼 수 있다. 나는 나의 고독한 음성이 필요한 것이다.

6

다시 자유로워진다는 것, 애쓰고 실패했을 때 드는 생각이다. 실패는 나를 차갑게 한다. 차갑고 자유롭게 한다. 애쓰고 붙잡는 소굴 속으로 들어설 뻔한 것이다. 붙잡는 것이라 생각하지만 붙잡히는 소굴이다. 실패는 다시 소굴 밖에 무의미하게 서 있게 해준다. 밖도, 무의미도, 그 반대의 것들보다 더 자유롭다. 나는 내가 원했던 것을 보지 않을 수 있게 되었고, 그것으로 파멸하지 않을 수 있게 된 것이다. 원하는 것을 밀어내고 멀어지게 하는 것이 본능이다.

그러므로 밀어내거나 물리치지 못하고 본능에 위반되게 잡으려고 할 때, 실패라는 장치가 아직 남아 있는 것이다. 실패는 원하는 것을 놓치게 함으로써 원해서 얻는 것보다 더 방대한 자유를 준다. 자유를 건네며, 바라지 않은 상태와 동등하게 만들어버림으로써, 무소유의 권능으로 인도한다. 이런 연유로 자유는 쓰라리지만 압도적이다. 다시 자유로워진다는 것, 실패가 주는 이 은밀한 향에 의해 아무 일도 없는 상태로 돌아갈 수 있다.

7

오늘 아무 일도 없다. 약속도 없고, 급하게 보내야
할 원고도, 처리해야 할 일도 없다. 글을 써야 한다는
생각도 내려놓는다. 글에 대한 것이든 뭐든 생각을 내
려놓는다. 생각이라는 것이 나를 차지하게 두지 말아
야 한다. 생각이 한번 자리잡으면 예기치 못한 상태로
들어서게 된다. 오래전에 끝나버린 일이 끝나지 않았
다고 다시 나타나기도 한다. 그건 끝난 일이야, 중얼
거리지만 어느새 그 일의 한복판에 들어서 있다. 무엇
에든, 그것이 바늘 하나일지라도, 사로잡히기는 얼마
나 쉬운가. 풀려났다가 다시 붙잡히기는 또한 얼마나
쉬운가. 도대체 해결도 없고 끝도 없다.

생각을 한다는 것은 취약해지는 것과 다를 바 없
다. 생각은 끝이 나거나 해결된 것이 아무것도 없다
는 자각이다. 모든 것이 계속 진행중일 뿐이라는 깨달

음이다. 생각은 잇고 연결시키고 통합하려 한다. 언제나 과도하다. 나는 바다와도 같은 생각에 빠지지 않기를 바란다. 생각이 나를 차지하고 한동안 흔들어대도, 생각이 시키는 돌연한 행동을 하지 않고 곧 거기서 빠져나와 쓸모없는 거리를 걸을 것이다. 그건 끝난 일이야, 다시 한번 중얼거리면서.

8

아무렇지도 않게 눈을 뜬다. 눈을 뜨니 아무렇지도 않다. 아침에 눈을 뜨는 것은 아무렇지도 않은 상태에 도달되어 있음에 대한 확인이다. 하루는 이렇게 도달로부터 시작된다. 그리고 하루종일 이 도달로부터 미끄러져내려가게 된다. 오늘 하루 걸려올 전화, 도착하는 소식과 메일, 뉴스, 건네지는 말 들의 침입이 따르고, 반응과 동요의 길을 간다. 오전에는 이쪽에 있고 오후에는 저쪽에 가 있게 된다. 아침의 도달 상태는 바닥에서 뒹군다. 이렇게 저렇게 밀려다니다가 밤이 되면 피곤해서 잠자리에 든다. 밀려다니고 떠다니는 일을 평생 해야 하는 것이다. 떠다니면서 내가 하는 말과 행동은 어디에서 오는 것일까. 어디로 가는 것일까.

단절이 가장 큰 선물인 줄 알겠다. 아침이 주는 단절이 유일한 회복의 길이라는 것을 알겠다. 이 선물을 더럽히게 되어 낮 동안 과도한 연관이 생겨나고, 쓸 수 있는 에너지에 비해 과부하가 걸리는 것이다. 그래도 아침은 일관되게 과감하다. 날마다 아침은 단절이라는 형식을 통해 어떤 노력을 통해서는 이를 수 없는 도달 위에 나를 세워놓는다. 그래서 오늘도 눈을 뜨면 아무렇지도 않다.

9

정적 속에 어떤 미세한 소리가 있다고 느낀다. 그 소리는 웅크리고 있다가 가만히 움직인다. 그리고 멈춘다. 조금 시간이 지나면 다시 살며시 다가온다. 어디서 나는 소리인지 둘러본다. 책장과 책꽂이가 믿을 수 없게 '뚝' 하는 소리를 낸 것일까. 창이 닫혀 있는데도 커튼이 살짝 움직인 것일까. 냉장고, 가습기, 공기청정기가 작동하는 소리일까. 가전제품들은 잊지 않고 전기가 돌아가는 소리를 낸다.

다시 내 일을 한다. 무언가 떠나지 않고 내 주변에 머물러 있다. 내가 놓친 어떤 소리일지도 모른다. 언제 어떻게 놓쳤는지 모르지만 나는 그 소리를 그냥 지나친 것이다. 아주 오래전에, 10년 전, 30년 전에 내가 들을 수 없었던 소리, 들었지만 지나친 소리, 지금 듣게 된 것일까. 하지만 지금도 이 소리를 정확하게 듣

지 못하는 것이다. 무언가 있다고만 느낄 뿐 이것이
무엇인지 모르겠다. 그리고 지금 감지하는 것은 이전
에도 감지했던 것일 수 있다. 그때도 몰랐고, 지금도
모른다. 차이가 있다면, 시간이 지나도 모른다는 것을
알게 된 것뿐이다.

10

종이 쪼가리들, 책상에 흐트러져 있다. 숫자, 번호,
몇몇 단어 들이 방향 없이 놓여 있다. 무슨 서툰 계산
을 하거나 생각난 일들, 일정을 메모한 것이다. 어떤
것은 전혀 기억나지 않는다. 기호들이 낯설다. 그런
종이들은 쓰레기통으로 간다. 의미 있는 메모는 두고
나머지는 치우고 버리는 일을 날마다 한다. 기억과 행
위의 한 부분들을 다시는 돌아보지 않을 망각 속으로
던져넣는다. 그런 짓을 하지 않아도 망각의 파도가 차
츰 다가와 모든 것을 휩쓸고 지나갈 것임을 알면서도
부스러기들을 미리 치우는 이유는 무엇일까. 이윽고
남김없이 사라져버릴 것을 이해하고 스스로 시연을
통해 망각에 작은 동조를 하는 것일까. 물론 이것도
잠깐일 것이다. 내가 치우지 않아도 생성과 소멸이 동
시에 이루어지는 날들로 가고 있다.

가라앉아 있다. 가라앉는다. 결국은. 먼지가 가라
앉고 소음도 가라앉는다. 시끄럽고 번잡한 것들이 모
두 입을 다문다. 마음이라는 것이 있어, 이 마음이 때
때로 흔들리고 하는데, 이것을 어찌할 도리가 없다.
그냥 버려둘 뿐이다. 기다리면 되는 일이고 조금 떨어
져 있으면 되는 일이다. 조금 있으면 마음도 가라앉
는다. 어디 위로 가라앉는지는 모른다. 크게 흔들렸던
마음도 곧 어디에 있는지 모르게 가라앉는 것이다.

반응으로부터의 도피를 하려 한 시도가 내 젊음에
있었다. 지금도 있다. 도피. 회피. 돌아서 가면 괜찮을
까. 마음이 나서지 않을 수 있을까. 마음이 상하거나
열렬해지는 경험으로부터 풀려날 수 있을까. 마음이
라는 것이 있어 때로 불편하다. 그런데 이렇게 마음이
무사히 가라앉아 있다고 느낄 때는 그다지 성가시지

않다. 또 그동안 마음을 맞닥뜨리지 않은 것인지도 모른다는 생각을 불현듯 한다. 어쩌면 그냥 마음이 있다고 막연히 생각했는지도 모른다.

12

하루를 시작해야 한다. 일어나서 벽에 기대고 앉아 생각한다. 날마다 하루를 시작하는 것이다. 무엇을 함으로써, 예를 들면 신문을 들여놓고 양치질을 하고 물한잔을 마시고 함으로써. 그러려면 일어나야 하고 현관까지 걸어가야 하고 허리를 구부려 던져진 신문을 손으로 주워올려야 하고 다시 거실을 가로질러 화장실로 들어서야 한다. 화장실에 걸린 거울을 통해 날마다 달라지는, 그러나 한 사람이라고 생각되는 인물을 보는 둥 마는 둥 해야 한다. 그 정도가 되면 하루가 시작된 것일까. 아니면 커피를 끓이고 과일을 깎고 휴대폰을 열어 메일을 확인하고 답은 안 하고 메일을 닫고 오늘의 날씨를 확인하는 것이다. 그렇게까지 하면 하루가 시작된 것일 터이다.

최초의 행위는 일어서는 것이다. 일어서면 다음 행

위들이 이어진다. 그런데 지금은 아침을 여는 나의 연속적 움직임들로도 숨기지 못하는 불안이 감지된다. 불안의 기미가 먼저 찾아온다. 일어서서 움직이는 것으로 가늘게 파고들어오는 불안을 달랠 수 있을 것인가. 행위들이라는 것이 과연 무엇을 다독일 수 있단 말인가.

내가 하는 행위들은 하루의 시작이나 끝과 무관할 것이다. 쪼개진 하루하루가 있는 것이 아니라, 있다 해도, 무로 발산되는 알 수 없는 시간들이 있을 뿐이다. 무는 수렴이 아니다. 발산이다. 흩어지는 알 수 없는 시간 위에서 거품처럼 내 행위들은 흩어지는 중이다. 스러짐과 하나가 되는 중이다. 양치를 하고 커피를 마시고 메일을 확인하는 식으로 행위들을 익숙하게 배치하지만 그 효과가 일정한 것도 아니다. 오늘은 별 효과가 없다. 벽에 기대고 앉아 생각한다. 하루를 시작한다는 것, 그럼에도 나를 다독이는 것인가.

13

오늘 날씨를 검색한다. 대체로 흐림이다. 날씨가
계속 나쁘다. 밖을 내다본다. 구름이 하나 툭 떨어질
것 같다.

3월

1

3월 1일이다. 시내에 나갔다가 화분을 두 개 구입
했다. 마지나타와 파키라. 실내에 들여놓고 오가며 눈
을 맞춘다. 3월이라는 생각을 했던 것 같다. 3월은 좀
생경하고 까칠하다. 3월에 아픈 적이 많다. 지독한 몸
살도 주로 이때 걸린다. 몇 번의 경험으로 잘 대비를
해도 그렇다. 몸살이 나의 준비와 무관하게 덮친다.
이른봄이라는 것이 자연물들을 그냥 흔들어대는 게
아닐까 싶다. 그리고 내가 생각보다 취약한 자연물이
라는 것을 잘 알고 있다. 흔들어대는 것보다 더 많이
흔들린다면 취약한 것이 아닐까. 아직도 3월이면 휘
청이고 마는 그 약한 고리를 잘 모르겠다.

화분에 물을 주면서 물이 스며드는 것을 멍하니 바
라본다. 흙냄새도 올라온다. 어느 때가 되면 이 이파
리 하나가, 둘이, 또 거의 전부가 쓰러지는 것을 보게

될 것이다. 지금과 그 어느 때 사이에 시간이 놓여 있고, 시간은 두 시점을 떨어뜨려놓음으로써 생명과 죽음을 화해시킨다. 모든 것에 시간이 파고들어 작동한다. 시간이야말로 치료이자 구원이며, 기만이다.

2

해가 조금씩 길어진다. 오후 여섯시가 되어도 어둡지가 않다. 글을 쓰려고 책상에 앉았다가 아직 윤곽을 간직하고 있는 창밖의 풍경을 바라본다. 글을 쓸 때 바라보게 된다. 쓰는 것은 새삼스러운 직면이다. 쓰는 것은 나를 토로하는 것도 세계 속으로 들어가는 것도 아니다. 세계를 직면하고 대상을 직면하는 것이다.

보는 것은 알지 못함과 같다. 보는 순간 알지 못하게 된다. 보지 않는 순간 알게 되고 알게 되면 보지 못한다. 글은 인식을 버리고 보는 쪽으로 나아간다. 글을 쓰는 것은 인식으로부터 해방되어 세계 앞에 서는 것이다. 나의 글은 인식의 내용을 담고 있지 않다. 직면하는 행위에 지나지 않는다. 보이지 않는 것을, 아니 보이는 것을 보게 하는 행위이다. 아직도 어둡지 않은, 그러나 어둠을 감지하고 있는 세상의 무거워진

마지막 윤곽을 드러낼 뿐이다.

3

공기가 가벼워진 것 같다. 아니, 날카로워진 느낌
이다. 3월은 열두 달 중에 가장 다성적이다. 토마스
만의 『토니오 크뢰거』에는 봄에 감정이 움직이고 침
착성을 유지하지 못하게 되어 계절의 변화와 무관한
카페로 가버리는 아달베르트라는 소설가가 나온다.
나는 3월을 약간 다르게 경험한다. 3월에는 내가 웬
일인지 희석되는 느낌이다. 날씨의 변화 같은 다양한
것들이 내게 섞여들어 나의 비중이 줄어드는 것이다.
적절한 표현 같지는 않은데, 그래서 3월에는 여행하
는 기분으로 지낸다. 여행은 자신에게 익숙한 것을 줄
이고 외부에 자신을 노출시키는 행위이다. 3월은 그
냥 다양해서 내가 날마다 모르는 곳으로 흘러다니는
여행객에 가깝게 해준다.
　물론 글쓰는 일은 계절과 상관이 없다. 여행과도

별 상관이 없다. 글은 그 무엇과도 관련이 없다. 글은 관계를 만들기보다는 관계를 걷어내는 까닭이다. 걷어내지 못하는 경우에도 글은 과도한 관련을 돌아보게 만든다. 그리하여 내가 어떠한 사람이 되지 않을 수 있는, 어떤 상태에 머물지 않을 수 있는 기회를 준다. 짧은 기회이다.

4

바람이 몹시 분다. 창이 닫혀 있는데도 소리가 거세다. 거실 식탁에 앉아 있다가 맹렬하게 윙윙거리는 소리에 창가로 다가가본다. 높아졌다 낮아졌다 하면서 휘몰아치는 바람 소리는 거친 질주 외에 다른 것이 없다는 생각을 하게 한다. 다른 것이 없었다는 생각을 하게 한다. 바람에는 단지 외부를 물리치는 완강함, 그러나 결코 극복할 수 없는 상태의 지속이 있다. 그것을 숨기지 않는다. 한동안 창가에 서 있다보면 바람의 출발 지점을 알지 못한다는 데 생각이 미친다. 어쩌면 이것은 무엇을 물리치는 것이 아니라 이 세계에서 쫓겨난 소리일지도 모른다. 하지만 쫓겨난 자는 빠져나간 자가 아닌가. 거친 바람 쪽으로 걸어가는 사람이 보인다.

또다른 소리도 있다. 바람 소리 사이로 일정한 간

격을 유지하고 어디선가 태연하게 울리는 망치 소리다. 무엇을 망치질하는지 모르겠다. 벽이나 나무에 못을 박는 것 같기도 하고 그냥 어떤 건축 자재를 두드리는 것 같기도 하다. 망치가 두드릴 때 허공은 더이상 숨지 않고 이번에는 자신을 드러낸다. 망치 소리가 허공에서 울리는 것이다. 허공이 있어 망치 소리는 그 안에서 방향을 잡는다. 허공이 있어 안전하다. 허공이 안전하다.

다시 바람 소리다. 바람은 망치 소리를 지나치고 집어치운다. 허공으로부터도 떨어져나간다. 바람은 아직 쓰인 적이 없는 시다.

5

오래전에 지어진 집이라 그런지 실내에 기둥 역할을 하는 벽이 있다. 긴 직육면체 벽이 주방 한쪽에 세워져 있다. 이 벽의 좌우로 통행을 하는데, 무심코 어깨나 발이 부딪힐 때가 있다. 그럴 때 내가 놀라는 것은 벽의 육체다. 정지한 육체다. 부딪혔을 때야 인지하게 되는 것이 벽이다. 그렇다. 부딪히면 모두 벽이 된다. 비닐봉지 하나도 벽처럼 느껴질 때가 있다. 벽 앞에서 무엇을 할 수 있을까. 그냥 조심한다. 벽의 존재를 감지하게 된 이후로 벽에 부딪히지 않는다.

6

집중이 잘 안 된다. 책상에 앉으면, 글을 쓰려고 하면, 작업으로 진입하는 것이 쉽지 않다. 책상 끄트머리에 새삼 보이는 먼지를 닦게 되고, 그러다가 노트북까지 들어올려 책상 전체를 물티슈로 몇 번이나 닦고야 만다. 책상 위 한 단짜리 책꽂이에 꽂혀 있는 이 책저 책을 펼쳤다가 한 줄이나 보고는 덮어버린다. 머리가 얼굴 옆으로 쏟아져내려오는 것이 거슬려 머리를 묶는다. 손톱을 깎는다. 어리석게도 듣고 싶은 노래가 떠올라 유튜브로 몇 곡 듣고 알고리즘으로 올라온 채널까지 내친김에 돌아다닌다. 이것을 하고 저것을 보고, 집중하지 못하는 것이라기보다 집중을 피하려고 하는 것만 같다.

글을 쓰려고 하면 먼저 글에서 멀어지려는 충동을 만나게 된다. 글과의 익숙한 접점을 헐어버리려는 다양한 시도들이 나타나고 그것들을 따라간다. 계속 무언가를 버리고 싶은데 무얼 버릴지 몰라 빙빙 도는 것만 같다. 어느 날은 하루종일 빙빙 돌다가 끝나고 만다. 연락을 취할 일이 갑자기 생각나는 것이다. 오랫동안 잊어버렸던 일이 글을 쓰려고 앉았을 때 생각나는 것은 참 아이러니하다. 글을 쓰는 것은 글을 훼방하는 일이다. 나는 흰 종이가 필요한데 엉뚱하게 색종이를 들고 앉아 오리고 접는다. 창밖으로 종이 쪼가리들이 날아다닌다.

7

불을 켠다. 스위치를 올리면 내가 보인다. 노트북을 열고 숨을 쉰다. 키보드를 두드린다. 숨이 글자가 된다. 한 글자 한 글자 나타난다. 숨을 쉬지 않는다. 한 글자 한 글자 나타난다.

숨을 쉬는 순간 나는 살아 있는 사람이다. 숨을 쉬지 않는 순간 나는 살아 있는 사람이다. 다시 숨을 쉬는 나는 돌아온 글자다.

글자들이 나타나고 나는 사라진다. 글자들은 아무것도 이루지 않는다. 도열의 건조함뿐이다. 도열의 극한으로 나아가는 무미건조함이다. 움직이는 글자들을 정지시키거나 그 앞에 멈추지 말아야 한다. 그것은 시체를 일으켜세우는 일이다.

8

언제부터인가 읽는 것을 잘 하지 못한다. 몇 줄 이상 읽는 것이 어렵다. 어느 자리에선가 내가 책을 사선으로 읽고 만다는 실없는 이야기를 한 적이 있다. 한 줄을 읽고 그다음 줄을 읽고 다시 그다음 줄을 읽는 것을 잘 하지 못한다고. 작정을 하고 훈련하듯이 하는 경우가 아니라면 차례차례 위에서 아래로, 다음 페이지로 읽는 것을 잘 하지 못한다. 사선으로 보든가, 대충 훑어보든가, 페이지를 앞뒤로 경황없이 넘기든가 하는 식으로 랜덤하게 글을 접한다. 읽는 것이 아니라 접촉할 뿐이다.

책의 논리와 구성을 따라가지 못한다. 정연하게 쓰여 있는 글자들을 흔들어서 본다. 글자들이 왠지 먼지를 일으키며 부딪치고 소동이라도 피우는 것 같다. 책 속으로 깊이 들어가지 못한다. 다른 모든 것과 마

찬가지로 책 속으로도 들어가지 못하는 것이다. 책의
밖에서 책을 읽는다. 이것도 읽는 것이라 할 수 있나?
한 가지 위안을 얻는 것은 한 권의 책이 매번 다르게
다가온다는 점이다. 글자들이 다른 모습으로, 다른 운
동으로, 다른 신호를 보내온다. 책을 완독한다는 것은
불가능하다. 언어들이 일정한 행렬에서 튀어나와 난
무하는 순간을 맞는 것, 이것이 나의 독서다.

9

밖에서 새들이 지저귀는 소리가 들린다. 무슨 새인
지도 모르겠고 몇 마리인지도 모른다. 소리의 위치만
어렴풋이 느낄 뿐이다. 새소리는 집 주변을 돌다가 높
이 오르기도 하고 급작스레 멀어지다가 갑자기 아주
가까이에서 들린다. 방심하고 있는 나를 집중시키는
힘이 있다. 오늘 하루는 저 소리 속에 머물러도 좋겠
다. 무슨 뜻인지 알 수 없는 소리이며 기호화할 수 없
는 소리인데, 그럼에도 맺고 끊음이 분명한 명랑한 음
향이다. 위치의 명랑함이며, 위치를 바꾸는 명랑함이
다. 날개가 있는 존재들은 공간을 넓게 쓴다. 그래서
인지 내는 소리가 유희에 가깝다. 어떤 유희인지는 모
른다. 몰라도 그 유희 속에 잠시 머무르면 좋겠다.

10

외출을 하려다가 그만둔다. 박물관에 가려다가 그
만둔다. 박물관에 가는 걸 좋아하지만 좋아하는 걸
그만둔다. 그리고 시간이 가는 대로 내버려둔다. 행
위를 최소화하면 세상에의 연관이 최소화되는 것만
같다. 어떤 행위를 해서 세상의 무언가를 건드리고,
그것에 무엇인가 덧붙여져서 돌아오는 것을 피하려
는 것이다.

행위를 하지 않는 것으로 족한 것은 아니다. 가끔
은 내가 메시지를 보내도 답이 없고 메일을 보내도
회신이 없는 경우를 더 기대한다. 어떤 연락을 해도
그것이 도착하지 않았으면, 수신인 없이 허공 속으
로 사라졌으면 하는 터무니없는 생각을 한다. 내가
한 행위나 연락이 무엇에도, 누구에게도 닿지 않는
다면 어떨까.

그러나 이런 생각도 다시 뒤집힌다. 나의 말이나 행위는 결국 무엇에도 닿지 않을 것이다. 내 말은 너에게 닿지 않고 그에게 닿지 않고 그 누구에게도 이르지 않는다. 아무리 오랜 시간이 지나도 말은 안착하지 않고 미끄러진다. 행위 역시 온통 종잡을 수 없는 것이 되어 루머처럼 떠 있다가 소멸할 것이다. 행위는 접수되지 않는다. 언제나 구경된다.

연관을 최소화하려는 생각은 역전된 것일 수 있다. 사실은 연관이 없기에, 연관을 만들 수도 없기에, 연관으로 생각이 가득차 있는 것이다. 행위를 극대화해도 생각대로 연관은 만들어지지 않는다.

11

저녁을 먹고 산책을 나갔다가 돌아왔다. 집 주변을 두어 시간 걸어 돌아다녔다. 집을 중심으로 사방으로 걷다보니 동네 지도가 대충 머릿속에 그려졌다. 이사를 하면 이런 식으로 지도를 그려서 동네의 분위기와 역사를 짐작하곤 했다. 커피숍과 빵가게와 우체국과 은행, 마트 들이 지도를 채웠다. 늦은 밤이라 그런지 대부분 문을 닫았다.

문 닫은 상점들을 따라 걸으면 어느 동네건 그 상점들 앞에 서 있는 사람들을 한두 명씩은 보게 된다. 더러 담배를 피우는 사람도 있고 전화 통화를 하는 사람도 있다. 취해서 주저앉은 사람도 있다. 오늘은 문구점 앞에서 아무 움직임도 없이 정면을 응시하고 있는 사람을 보았다. 그를 지나치는데 문득 아주 오랜 시간이 흐르는 것 같았다. 그의 앞을 지나가면서 얼굴을 보지 않았다. 그러나 그가 울고 있다는 것을 알았다. 그냥 알았다. 우는 것을 한동안 그만두지 않으리라는 것도. 아무것에도 부딪히지 않는 눈물이라는 것을 알았다. 나는 갑자기 모든 것을 동시에 알았고 누구에게도 부딪히지 않고 걸어갔다. 사람들 사이로, 골목 사이로, 어둠과 더 깊은 어둠 사이로 걸어갔다. 그에게서 멀어져갔다.

12

갑자기 머리가 깨질 듯이 아팠다. 책상에서 일어나 소파에 머리를 기대고 앉았다. 눈을 감고 온몸에 힘을 빼고 한참이나 있었다. 무생물의 순간이다. 하루에도 몇 차례씩 그런 순간이 있다. 모든 감각이 빠져나가는 것 같다. 앉아 있다가 비스듬히 눕게 되고 수평이 되고 거의 정지로 들어선다. 정지가 무엇인지 알 것 같다. 서서히 정지하는 것을 이해할 것 같다. 그것은 내 앞으로 시간이, 날들이, 1년이 그냥 지나가는 것이다. 나는 그냥 멈춰 있다. 눈을 깜빡여도 깜빡이지 않아도 시간이 지나간다. 눈앞에 서서히 무생물이 되어가는 것들이 있다.

13

눈이 내리고 비도 내렸다. 영상과 영하가 한꺼번에
왔다. 지상에 있는 차를 지하에 넣어두었다. 지하에
주차하고 비틀거리며 올라왔다. 깨진 돌부리가 튀어
나와 있었다. 잠시 그 옆에 서 있었다.

4월

여덟번째 시집이 출간되었다. 책장의 아래 칸 책들
한쪽에 꽂는다. 이제 지나간 일이다.

2

조용히 날들이 지나가고 있다. 온종일 집에 있는 날이나 외출하는 날이나 비슷하다. 어느 날은 흔적도 없이 사라져버려서 스쳤다는 느낌도 남아 있지 않다. 주말이면 일주일의 대부분이 그렇게 느껴진다. 그리고 조금 더 지나면 월 단위로, 연 단위로, 지나간 날들의 특징을 잡아낼 수가 없게 된다. 특징이 사라진다. 지금이 2022년 4월인데, 2021년, 2020년, 또 그 전해가 이미 낯설다. 불과 몇 년 전에 2019라는 숫자 속에서 1년을 살았던 것 같지 않다. 그 숫자가 생소하고 마치 아직 다가오지 않은 해인 것 같다. 2000년대들어 지나간 20여 년이 아직 오지 않은 2030년대나 2040년대와 비슷하게 낯선 것이다. 숫자의 감각으로만 보면 과거와 미래가 같다. 숫자뿐 아니다. 내가 지나온 시공간 자체가 아직 지나지 않은 시공간처럼 생경하다. 과거와 미래는 같은 곳에 있는 것이 아닐까. 그래서 미래로 가지만 과거로 가고, 과거 속에 미래가 들어 있고 그런 것이 아닐까.

현재만 잠깐 감지된다. 현재라는 작은 시점이 먼지와도 같이 떠다니기에, 날들은 험악하지만 조용해진다. 오늘 하루가 조용하지만 쓸쓸한 외관을 지닌다. 현재라는 먼지가 방향이 없는 것이기에, 나는 불안하지만 싸우고 싸우지만 불안하다. 오늘은 종일 먼지를 닦는다. 먼지 뒤에는 아무것도 없다.

3

밤 산책이다. 느리게 걷고 빨리 걷고를 반복한다. 사람들이 있으면 천천히, 없으면 빨리 걷는다. 늘 그런 것도 아니다. 한가한 도로에서도 혼자 보폭을 크게 해 빨리 걸었다가 속도를 늦춘다. 약간은 숨이 찰 정도의 속도를 즐기고 이윽고 거의 멈춘 듯 느린 걸음이 되는 순간도 나쁘지 않다. 변화를 주면서 걷는 것이 묘미가 있다.

인도에서 사람들과 섞여 있을 때 끝도 없이 걸을 수 있을 것 같은 기분이 든다. 거리에서 사람들은 모두 다른 속도로 걷고 있고 다른 신발을 신고 있다. 가는 곳도 다르다. 그러다가 각각 어딘가로 들어가 이윽고 보이지 않게 될 것이다. 그러나 도로에는 언제나 아직 들어가지 않은 사람들이 있다. 사람들은 끝이 없다. 서로 떨어져 있어도 행렬이 끝이 나지 않는다. 한참을 걷다보니 인적이 드물고 어둠은 깊다. 아무도 없는 것 같은데 그래도 멀리 맞은편에서 한 사람이 걸어온다. 하나의 항이 움직이고 있다. 스쳐가면서 우리는 다시 만나지 못하는 두 개의 항이 된다.

4

밤이 깊었는데 고양이들의 울음소리 들린다. 날카
롭고 끊이지 않는다. 처음에는 한 마리가 우는 것 같
더니 금방 떼를 지어 운다. 주차해 있는 차들 뒤나 그
너머에 있는 나무들 쪽에서 나는 소리인 것 같다. 찌
르는 듯 파고든다. 소리 없이 느리게 움직이는 고양이
의 모습과 날것의 울음은 잘 겹쳐지지 않는다. 속수무
책으로 듣고 있다. 애원하는 것 같기도 하고 전쟁을
하는 것 같기도 하다. 할 수밖에 없나보다.

5

시집을 출간한 직후라 그런지 시에서 멀어져 있다. 잘 안 써진다. 당분간은 이럴 것이다. 직후만 그런 것이 아니다. 출간 직전에도, 초교지와 재교지가 왔다갔다하고 출판사와 이런저런 연락을 주고받을 때도 어떤 염증이 나서 시를 잘 못 쓴다. 각각의 시들은 아무리 퉁탕대도 책으로 묶는 과정에서 한집에 모이게 되어 그런지 온화해지고, 이 무렵에 쓰는 시들 역시 시집에 수록되지 않아도 이 온화함에 물들어버리는 것 같다. 시집이란 과연 이런 흡입력을 가진 것일 테다. 여하한 경우라도 모이면 정돈되고 방향이 생긴다. 이것이 온화함의 정체다. 이 온화함이 잠시 시쓰기를 어렵게 하고 무력하게 만든다.

싫증이 나고 무력하고 그러다가 마음이 어두워지는 복합적인 상태는 이렇게 시에서 비롯된다. 시를 쓰지 못하고 있다는 것을 몸이 알고 있다. 온화한 집이 되어버리는 시로부터 멀어지는 것이 불가피하면서도, 시를 쓰지 못하는 막막한 상태는 몸과 마음을 무겁게 한다. 마음 같아서는 당장 전혀 다른 문맥과 감성으로 탈출할 수 있을 것 같고 그러기를 바란다. 그러나 이런 때일수록 생각이 앞서고 감각은 제자리걸음이다. 마치 꽁꽁 묶인 채 천장에 매달린 기분이다. 어느 때가 되어야 쓰지 않는 것, 쓰지 못하는 것에 결박되지 않을 수 있을까. 쓰는 것과 쓰지 않는 것의 차이가 없어질 수 있을까. 그리고 그때가 되면 과연 쓰지 않고 자유로울 수 있을까.

쓰지 않는 것이 자유로운 상태에 대해 잠시 생각해
본다. 지금까지는 언제나 반대의 상황에서 생각했기
때문이다. 쓰는 것이 자유로운 것 말이다. 쓸 때, 발견
하고 외롭다. 쓸 때, 벗어나고 가벼워진다.

문득 쓸 때 자유롭다는 것은 쓰는 것이 쓰지 않는
것을 포괄하기 때문이라는 생각이 든다. 쓰는 것은 쓰
지 않는, 쓰지 못하는 것을 알아보게 하는 넓이를 지
닌다. 쓸 때 쓰지 않을 수 있다. 그래서 쓰는 것이 자
유로운 것이다. 그래서 자유로운 쓰지 않음이 가능해
진다.

두 가지의 고립이 있다. 먼저 대상에 닿지 못하는 고립이다. 그 무엇에도. 나는 이 꽃에 연결되지 못하고 저 구름에 이르지 못한다. 어떤 좁혀지지 않는 거리가 있어, 그 거리로 나는 숨쉰다. 본다. 움직인다. 나는 지금 이질성이다. 연결되지 못하는 지점이다. 걸어다니는 분리다. 먼지처럼 천천히 떠돌다가 결국 다시 오늘의 고립으로 돌아오고, 그러나 나보다 고립이 먼저라서 나는 고립 속으로 흡수된다. 나는 고립의 한 형태다. 고립의 한 이미지다.

나는 또한 나와 연결되지 않는다. 나를 말하지 않는다. 시는 내가 없는 쓰기다. 나를 물리치면서 시는 나로부터 멀어진 지점을 표시한 것이다. 그것은 성찰을 그만두고 나의 가정된 자아를 지나 고립을 실현한다. 내가 쓰는 시는 나에게, 또 그 무엇에게 닿으려는 현기증 나는 시도가 아니다. 닿지 못함의 허락이요, 유골이다. 그러나 이 닿지 못함은 닿음의 순간으로만 날카롭게 감지된다는 데 시의 난처함이 있다. 시는 닿지 못한 채 도달하는 불가능한 순간이다.

8

호흡이 달라질 때 봄이라는 생각을 하게 된다. 아무리 날렵한 조형을 시도해도 정신이란 여태 무거운 것이었음을 깨닫게 하는 것이 봄이다. 나는 나도 모르게 다른 호흡을 하고 있다. 호흡은 변화된 대기의 상황을 가장 먼저 감지하는 기제다. 한마디로 이야기하기 어려운 에너지의 복합적인 신호가 숨을 통해 흘러들어온다. 이 에너지가 존재들을 흔들고 바꾸어놓는다.

존재들은 봄에 다시 어리석게도 들뜬다. 다시 가벼워진다. 만물은 길을 나서고 손을 내밀고 자란다. 봄을 받든다. 봄의 장난이 끝나는 데는 몇 개월 걸리지 않는다. 여름과 가을의 몇 개월이 지나면 이 들뜸이 모두 초토화된다. 그런데도 모두들 이 장난을 이해하고 반복한다. 만물은 운명이 바뀌기라도 하는 듯 절대적으로 봄을 따르는 모습을 보여준다. 그리고 또 해마다 장난이 시작되길 기다린다.

나무에서 숨죽였던 이파리들이 돋아나고, 땅에서 동시다발적으로 풀들이 솟아오르고, 사방에서 파릇한 바람이 불어와 대기 중에 섞여들고, 이들에게 직접적인 응대를 하듯 하늘에서 빗줄기가 촘촘히 내려오고, 비를 맞으며 새들이 날아간다. 빗줄기들을 흐트러뜨리는 새들의 회전이 한창이다.

책상 위 놓인 컵에 다양한 펜들이 꽂혀 있다. 크고 작은 연필이 몇 자루 있다. 펜으로 꼭 써야 하는 경우가 아니라면 연필을 사용한다. 샤프가 물론 있지만 연필을 일단 집어들게 된다. 연필은 자주 깎아야 하고 사용할수록 작아지는 변화를 보여준다. 예전에는 연필을 직접 사고는 했는데 지금은 아니다. 서랍을 뒤지면 연필이 끝없이 나온다. 일단 집에 있는 것들을 모두 사용하기 전에는 구입하지 말아야겠다는 생각을 한다. 그것이 연필에 더 가까워지게 만든다.

어릴 적 연필을 몇 자루씩 깎아 필통에 넣어 다음 날 수업 준비를 했던 기억 때문만은 아니다. 연필이 좋은 것은 연필이 모두 다른 까닭이다. 경도와 명도 이야기를 하는 것이 아니다. 같은 HB여도 같다고 할 수 없다. 쓰는 느낌, 글씨의 물성이 다 다르다. 자주 부러지는 연필이라고 싫은 것도 아니다. 쓰다가 부러지면 다시 깎느라고 멈추는 브레이크도 나쁘지 않다. 연필은 나의 수공업적 게으름을 옹호해주는 측면이 있다. 나아가 연필의 다양한 느낌은 나를 미숙하게, 불확실하게 만든다. 연필은 완성보다는 출발 지점에 서게 한다.

그래서일까, 연필로 글씨를 쓰면 스케치하는 느낌을 받는다. 미술용으로 쓰는 4B 연필이 특히 그렇다. 굵은 획을 볼 때마다 설렜던 기억이 난다. 지금 아끼는 것은 평범한 노란색의 B 연필이다. 굵기나 진하기가 적당하다. 아니, 그래서라기보다는 눈에 쉽게 띄어요 며칠 계속 사용해서다. 연필은 어느 것이든 사용하면 좋아하게 된다. 흡인력이 있다. 마음이 쉽게 그 위에 내려앉는다. 그래서 시를 쓸 때는 연필을 사용하지 않고 자판을 두드린다.

11

길에 띄엄띄엄 많은 것이 떨어져 있다. 담배꽁초나 빨대, 정체불명의 종이 쪼가리들과 종이컵, 비닐봉지 같은 것들이 있고, 간혹 마스크가 밟혀 있다. 땅에 떨어진 것들을 가능한 한 밟지 않으려 한다. 한 아이가 알루미늄 캔을 발로 차면서 골목길을 지나간다. 밟고 일그러뜨리면서 골목 끝까지 몰고 간다. 골목 끝에서 캔을 차올리지만 캔은 높이 오르지 못하고, 멀리 가지 못하고 바로 앞에 떨어진다.

아이는 사라지고 나는 발을 멈추고 찌그러진 캔의 모양을 바라본다. 캔 옆에는 사용을 다한 낡은 케이블이 있다. 무엇을 연결하는 전선이었을까. 또 그 옆에는 가죽이 상한 낡은 소파가 의지할 벽이 없이 비스듬히 놓여 있다. 이제 먼지만 거기 내려앉는다. 골목 끄트머리에서 한창 진행중인 이 바닥 전시물들을 살펴

보느라 나는 잠시 서 있다. 갑자기 바로 앞의 2층 건물에서 피아노 치는 소리가 들려온다. 고개를 든다. 피아노를 치는 사람은 보이지 않고 1층 유리 너머로 한 여자가 태연하게 머리를 커트하고 있다.

12

한참을 걷다보면 장애물이 나타나지 않아도 다른 길로 접어들 때가 있다. 그냥 무심코 그렇게 한다. 무엇이 나를 옆길로 흘러들게 하는지는 모른다. 매우 느리고 간접적인 길인데 말이다. 하지만 들어서면 거기에는 다양한 분주함이 있다. 오늘은 다른 지각이 작동하는 곳으로 망설임 없이 바로 점프하는 다람쥐가 있다. 다람쥐는 매우 빠르고 기민하다. 휘어지면서 아주 넓게 원을 그린다.

13

불빛 아래 가만히 앉아 있다. 낮은 스탠드 불빛 아래 눈을 깜빡이며 앉아 있다. 모든 것이 제자리에 놓여 있어 마음의 안정을 찾는다. 유선 전화기, 스탠드, 노트북, 충전기의 선들이 어지럽게 기어가도 다 제자리에 있는 것이다. 그것들을 바라본다. 무용한 날들이다. 무용하지 않은 것이란 무엇일까. 결국에는 다 무용해진다. 커서가 깜빡인다. 커서를 따라 눈을 깜빡인다.

자리에서 일어나 거실로 나간다. 거실에도 불빛이 있다. 거실 천장에 하나, 둘, 셋, 넷, 다섯 개의 동그란 전등이 켜져 있다. 전등이 다섯 개여서 마음의 안정을 찾는다. 여섯 개여도 괜찮다. 거실에 나오니 거실 공기가 나쁘다. 공기가 나쁘다는 말은 이상한 말이다. 공기가 움직이지 않고 가득 쌓여 있다는 말일까. 나쁜 공기를 마신다. 나쁜 공기여도 마실 수밖에 없다. 창을 연다.

밖을 바라본다. 어제도 그제도 아주 오래전에도 이
렇게 밖을 내다보곤 했다. 밖에도 불빛이 있다. 멀리
빌딩들이 보이고 건물마다 불빛들이 달려 있다. 모두
불빛을 잊지 않고 있어 다행이다. 왜 잊지 않는 걸까.
어떤 것도 위안이 되지 않을 때가 있다. 사실은 어느
것도 위안이 되지 않는다. 앞 동 가까이에 있는 조명
하나가 불안정하다. 불빛이 계속 깜빡거린다. 좀 있으
면 저 불은 꺼질 것이다. 괜찮다. 나는 가만히 서서 아
무 위안 없이 마음의 안정을 찾는다. 안쪽 방에서 전
화 소리가 길게 울리다 끊어진다.

14

변화가 없다. 계속 정체해 있다. 알고 있다. 정체가 그렇게 답답하지 않다. 정체 속에 있는 것도, 이 울렁임도.

1

아침에 일어나면 창을 연다. 활짝 열고 새 공기를 맞이한다. 숨을 크게 쉰다. 주방 쪽 창을 열어 그렇게 하고 거실 쪽 창을 열어 또 그렇게 한다. 창마다 공기가 다르고 바람이 다르다. 늘 같은 듯싶지만 언제나 다른 느낌을 주는 창밖의 기운을 맞이한다. 밖이라는 것이 좋은데, 밖은 뭉쳐 있지 않아서인 것 같다. 그러면서도 도대체 빈 공간이 하나도 없다. 온갖 자연과 도회와 움직이는 것들과 멈춰 있는 것들로 빼곡하다. 나무와 길, 건물과 차들, 사람들과 그들 머리 위의 구름, 하늘, 이 모든 것이 도무지 뭉쳐지지 않는다. 모두 다른 곳을 향해 있다. 바람은 그 각각의 다른 곳 사이를 지나다닌다. 지나다가 나의 창가에 잠시 머문다.

나는 바람을 실내로 맞이한다. 질서가 있지도, 있지 않은 것도 아닌 실내에, 엉터리로 뭉쳐 있는 한 사람이 여기 있다. 이 사람은 잘 뭉쳐지지 않는 덩어리다. 바람은 이 덩어리가 덩어리가 아니라는 것을 금방 알고 부드럽게 흩어놓는다.

2

아직 아침이다. 환기를 하고 나서 생각난 듯이 거울을 본다. 다시 얼굴이 있고, 얼굴을 보는 것은 흥미로운 일이다. 어제에 대한 나의 가담의 흔적과 거리를 엿볼 수 있는 까닭이다. 피부의 음영은 가담의 크기, 정도, 방향을, 가담의 소멸을 가늠하게 해준다. 아침에 거울을 보면 내가 어제로부터, 어제의 그늘로부터 멀어지고 회복되었음을 본다. 얼굴은 어제의 기울기를 떠나는 중인 것이다. 날마다 아침이면 약간씩 낯설어진 얼굴을 확인한다.

피부란 시간이 투과하는 얇은 유리문이다. 시간뿐 아니다. 내가 알지 못하는 것들이, 선택하지 않은 것들이 나도 모르게 스며든다. 멀리서 들려오는 원인 모를 경보음에서부터 비 온 뒤의 습도에 이르기까지 많은 것이 온종일 피부에 배어든다. 아침에 비어 있던 얼굴은 오후가 되면 온갖 기미들이 들어와 차곡차곡 쌓인다. 얼굴은 무거워진다. 이윽고 하루에 속하게 되고 원하든 원치 않든 그 안에서 움직인다. 하루가 얼굴을 점령한다. 나는 나의 의지와 무관하게 세계에 가담한다. 오후에 다시.

3

시에서 일종의 무장을 보는 때가 있다. 무엇을 동원하여 시를 세우는 것이다. 그것은 감정이나 언어 운동이기도 하고, 때로 새로운 기법이 될 수도 있다. 무장은 당장에는 잘 보이지 않는다. 시로 들어서기 위해 동원된 무장을 느끼는 것은 시간이 좀 흐른 뒤다. 이를테면 고전주의의 무장을 낭만주의가, 낭만주의의 무장을 사실주의가, 사실주의의 무장을 모더니즘이 간파하는 식이다. 간파하는 것에 머무르지 않고 그 무장을 공격한다. 이제 그것이 어느 정도 거추장스러워 보이기 때문이다. 새로 시작된 조류는 이전의 무장이 불필요한 것이었음을 깨닫게 하는 데서 자신의 존재 근거를 발견한다. 낡은 것을 허물고 자신은 자유로운 것임을 설득하려 한다.

이러한 낙후된 논리를 내 시에 간편하게 적용하곤

한다. 여덟 권의 시집을 내면서 새 시집이 이전 시집
보다 더 자유로워진 것인가를 종종 생각한다. 이것은
자유로워지는 가능성을 생각해보는 일이다. 이번에
무엇을 해제하려 했는가에도 초점을 맞추어본다. 이
전 시집의 무장을 드러내는 이번 시집의 시도가 있는
가. 사실 이런 식으로 오독보다는 왜가리가, 왜가리보
다는 고양이가, 고양이보다는 마치와 물류창고가, 또
한 이들보다는 도시가스가 더 자유로운 것이라 느끼
고 싶어하는 창작자의 어리석음을 버리지 못한다. 그
리고 그 어리석음은 시들은 변화할 뿐 발전하지 않는
것이라는, 틀에 박힌 생각만도 못하다.

　하지만 여전히 시의 무장과 자유라는 단순한 대립
을 버리지 못한다. 감정과 감수성이 지극히 보편적이
었던 시대를 훨씬 지나온 지금도 감정은 중요한 동원
기제가 되며, 우둔한 메시지를 공격하던 언어 교란이
언어유희로 반복 작동중이며, 인간화와 사물화가 번
갈아 서로를 뚫고 지나가 다시 마주치는 커브를 그리
는데, 이러한 반복과 충돌 속에서도 과연 어떤 자유가
가능할 것이냐 하는 무의미한 생각을 하는 것이다. 시
를 그냥 시작할 수는 없을까, 빈손으로 들어설 수는

없는 것일까, 결국 무언가를 끌고 다녀야 하는 것일까, 하는 생각 말이다.

물론 이런 생각을 그만두지 못하는 것이 시를 쓰는 유인이 되기도 한다. 시쓰기는 자유롭다는 환상을 주는 데 그 핵심이 있는지도 모른다. 자유와 환상은 같은 것이다. 그런 점에서 환상도 무장이다. 그렇게 자유는 없고 자유에의 무장이 있다. 무장의 전시장, 그것이 여덟 권 시집의 전모일 것이다.

4

구름이 기울어져 있듯이, 건물이 기울어져 있듯이,
옷걸이에 걸어놓은 옷이 기울어져 있듯이 마음이 기
울어져 있다. 시 때문이다. 마음을 이렇게 기울어지게
할 수 있는 것은 오직 시다. 시를 쓰지 못할 것 같다는
생각에 종종 들어선다. 아니, 언제나 이 생각에 포위
되어 있다. 예나 지금이나 다름없다. 특히 시집을 내
고 나면 더욱 그렇다. 시집을 내고 나면 앞으로 더 나
아간 것 같지만, 사실 마음의 그늘이 더 짙어진다. 오
늘은 그늘이 더 구체적으로 보인다.

시집을 왜 내는가. 막 출간된 시집은 그동안 가라
앉아 있던 온갖 갈증과 불안과 의구심이 한꺼번에 드
러나는 계기가 된다. 지금 나는 너무 단선적이라거나,
절제 없이 다성적이라거나, 틈을 메꾸어버렸다거나,
지나치게 절제를 해서 세계의 소음과 하나가 되었다

거나 하는, 상반되고 엎치락뒤치락하는 모순에 빠진다. 이러한 들쭉날쭉한 회의는 단순히 이번 시집에 국한되지 않고, 이리로 저리로 나아갔던 그동안의 모든 방향이 튕겨나와 한꺼번에 엉키게 만든다. 시집들은 언뜻 발전하는 것 같지만 사실 그보다는 방사형으로 난 탈출 같은 것에 가깝다. 아니, 입구일 것이다. 이 입구들이 한꺼번에 무효화되는 느낌이다. 한 권의 시집이 나오면 돌연 그동안의 모든 시집이 무력해진다. 지금까지 시집들에서 시도했던 여러 방향이 모두 미진하게 보이는 것이다.

이제 여덟 권이 된 시집이 눈앞에서 끈질기게 마모되고 있다. 시의 언어는 소멸하지 않는다고 생각했는데 소멸하지 않을 뿐 마모되는 중이다. 시집으로 엮이고 나면 언어들이 다만 온기로 남고 그 자리에서 정지하는 느낌이다. 이 시집들을 버리고 다시 언어가 활성화될 수 있을 것인가. 다시 시작할 수 있을까. 어떤 모습이 가능할까.

한 줄도 쓰지 못할 것 같다. 결국 최초에 서 있던 시 쓰기의 불가능성에 다시 들어서고 만다. 물론 알고 있다. 이러한 불안정한 생각들을 뚫고 한 편의 시가 불현듯 오면 그 방향으로 몸을 향하게 된다는 것을. 지금까지 그래왔던 것처럼. 그럼에도 이 그늘은 짙고 시에 대해서는 어떠한 위안도 소용없다. 나는 뒤척인다.

5

창은 닫혀 있고, 커튼이 쳐져 있고, 이른 새벽 시간
인데 움직이는 무언가가 감지된다. 어떤 두리번거림
이 느껴진다. 창을 열어보니 비가 내리고 있다. 쏟아
지는 비가 아니라 대기를 살짝 적시고 땅에 내려서는
비다. 작은 나뭇잎들에 떨어지면서 비가 나뭇잎들을
흔드는 소리, 그 희미한 소리가 닫힌 방안에까지 전달
된 것이다. 소리라기보다 거의 기척에 가까운 것, 그
기척에 잠을 깬 것이다. 지금 기척은 소리 속으로 숨
지 않고, 소리를 에워싸고 형체도 없이 움직인다. 아
무것도 말하지 않는다. 그냥 기척으로 있다. 그것이
어떻게 내 잠에, 마음에 와닿았는지 모르겠다. 마음이
잠을 열고 일어난 것이다. 기척을 가만히 듣는다.

6

책상 위에 책들이 쌓인다. 한번 놓이면 대개는 꽤 오래 머무는 편이다. 물론 알지 못할 변심 때문에, 불려왔다가 바로 밀려나는 것도 있다. 어떤 책은 내게 세계를 보여준다. 세계가 아니라 세계의 그림자를 보여주는 것도 있다. 한번 그림자로 인식되면 계속 그림자로 다가오기도 한다. 하지만 세계든, 그림자든, 나는 잘 받아들지 못한다.

책상 위에 쌓인 책들을 펼쳐보기는 해도 도무지 책을 잘 읽어내지 못한다. 문장을 읽지 못한다. 책은 말들이 떠도는 공간이다. 유랑하는 말들이 유랑을 끝내지 못하는 장소다. 책을 열었을 때 나는 질서화된 전체 문장을 따라가기보다는 튀어나온 말들을 만난다. 정확히는 단어다. 단어들의 출몰, 휩쓸림, 운동, 우연한 행렬과 죽음을 만난다. 몇몇 단어와 어절의 배치가 시선을 사로잡는 통에 의미가 녹아든 전체 문장을 챙기지 못하는 것이다. 무슨 뜻이 들어 있는지보다는 어떤 말들이 매혹적으로 움직이는지가 나를 먼저 차지한다. 시집이 아니어도 그렇다. 산문이나 심지어 신문을 읽을 때도 마찬가지다.

책뿐이 아니다. 나는 아마 대상들도, 사람들도 잘 읽어내지 못할 것이다. 내가 만난 세계는 내 시선에 어른거리는 몇몇 매혹의 이미지에 지나지 않는다. 그 이미지들로 나는 살아가는 중이다. 그리고 그것이 이 세계에 대해 내가 아는 전부에 지나지 않는다.

7

이렇게 어느 구석에선가 살아가고 있다는 사실이 기적처럼 느껴질 때가 있다. 구석에서 눈에 띄지 않고, 물에 잠겨 떠내려가는 나무토막처럼 세월에 떠내려가는 것이다. 나무토막은 아주 가라앉지 않아야 한다. 한곳을 빙빙 돌지도 말아야 한다. 그리고 물에 거의 잠겨 잘 보이지 않아야 무사히 떠내려간다.

봄은 구석이다. 여름도 구석이다. 한 달도, 일주일도, 오늘도 구석이다. 이 방도, 이 글도, 왜 쓰는지 모르는 이 작은 글도 구석이다. 글은 원래 왜 쓰는지 모르는 것이다. 글을 쓰다 말고 짚는 이마도, 내쉬는 한숨도 모두 구석이다.

실내 한구석에 벽장이 있다. 당장 쓰지 않거나 철지난 물건들을 넣어두는 곳이다. 여름에는 작은 전기난로가, 겨울에는 선풍기 같은 것들이 거기 들어간다.

벽장 구석에 앨범 몇 권이 세워져 있다. 넣어둔 이후로 단 한 번도 열어보지 않은 듯하다. 구석으로 들어간 것들은 아주 잘 숨는다.

8

규칙적이고 단순한 생활을 한다. 단순한 호흡, 식
사, 산책, 마무리. 생활을 단순하게 함으로써 일에 들
어설 수 있게 한다. 일에 들어섬으로써 생활이 단순해
진다. 3년째 계속되는 코로나 때문만은 아니다. 만남
을 되도록 미룬다. 약속 장소로 나가야 할 날이 돌아오
면 약속을 취소하고 싶은 마음에 시달린다. 약속뿐이
아니다. 일정을, 계획을, 시도 들을 다 취소하고만 싶
어진다. 행위를 입혀야 하는 순간이 오면 모든 설정을
없는 것으로 만들고 싶은 욕구는 어디에서 비롯되는
걸까. 아무리 좋은 것이어도 이 세계 안에서는 노역이
되고 만다는 풀이 죽은 기분의 정체를 모르겠다.

모른다. 알기 어렵다. 다만 그냥 무로 되돌리고 싶
다. 무의 지평에의 유혹이다. 그 지평에서 쉬고 싶은
것이다. 무가 더 낫다는 이 느낌은 거의 본능에 가깝

다. 너무 많은 터무니없는 시도가 삶을 탕진한다는 생각이 든다. 고통이라는 것은 대부분 이의 필연적인 결과일 것이다. 오늘도 무의 그늘에 세워져 있는 듯한 풀잎이 눈에 들어오는 이유다.

하지만 불쑥불쑥 올라오는 이러한 생각도 성가신 것이고 더 정확하게는 성급한 것임을 역시 알고 있다. 어차피 무인 것이다. 내버려두어도 무로 돌아간다. 일이 진행되면서 무엇인가 잠시 솟아오르는 듯 보여도 곧 가라앉는다. 저절로 모든 것이 스러진다. 중간에서 지우려 한다면 이 또한 지움이라는 행위 아닌가. 취소는 취소의 행위가 되고 취소의 의미가 되어버린다. 그러면 취소를 또 취소해야 한다. 시도로부터 자유롭기 위해 시도를 덧붙이는 모순이다. 사실은 나의 시도와 무관하게 모든 것이 무로 돌아갈 것이다. 아니, 처음부터 무이다. 내가 어느 쪽에 서느냐는 아무 상관이 없다. 세계 내 존재들은 무의 지평선 아래 잠겨 있는 것이다.

9

하루의 일을 마치고 잘 준비를 하고 멍하니 앉아 있다. 무엇인가 끝나지 않은 것 같은데 무엇인지 모르겠다. 오늘 일정이나 체크해놓은 일 중에 빠진 것은 없다. 그런데도 미진하고 무엇을 놓친 것 같다. 보내야 할 메시지나 메일도 아니다. 그냥 불을 끄는 것이 나을지도 모른다. 이럴 때는 자신을 다른 일보다 더 세심하게 돌보려고 하지 않는 편이 낫다는 것을 경험으로 알고 있다.

하지만 아니다. 그것이 아니다. 불을 끄지 않는 것이 낫다. 어차피 다시 켜고 일어나 앉을 것이다. 어쩌면 하루가 빨리 끝나고 이렇게 방심하고 앉아 있는 시간을 기다렸는지 모른다. 갑자기 어떤 서툰 장면 하나를 꺼내들지도 모르는 시간이다. 아마 내게서 떠나지 못하는 장면이다. 그것이 왜 불려 나왔는지 모르는 의

아한 모습으로 눈앞에 머물다가 조용히 사라지는 것을 보고 싶은 것이다. 우연한 어리석음, 우연한 낭패, 내가 간신히 조금 움직였는데 누가 움직이는 것인지 알 수 없는 우연한 우울들이 나타난다. 어느 장면이든 나를 그 우연 속으로 아예 놓아버리고 싶다.

10

아무 글도 쓰지 않은 채 며칠이 지나갔다. 쓰지를 못했다. 쓰지 못했다는 것을 별로 의식하지도 않은 것 같다. 어떻게 날들이 흘러갔는지 문득 되짚어볼 정도다. 단지 5월을 맞이하며 지내고 있다. 눈앞에 5월이 하루하루 펼쳐지고 빠르게 지나는 중이다. 갈수록 대기는 높아지고 촘촘해진다. 잎들의 색은 조금씩 진해지고 두꺼워진다. 온도가 한 단계씩 오르고 공기는 쉽게 젖고 마르기를 반복한다. 어떤 곳이 되었든 가기를 바라지 않고 나서지도 않았는데, 5월에는 날마다 어딘가에 도착해 있는 느낌이다. 내가 5월을 맞이하는 것이 아니라 5월이 나를 맞이하는 중이다.

6월

1

창을 24시간 내내 열어놓는 날들이다. 창을 열어놓
으면 마냥 일요일 같다. 학기가 끝나는 달이어서 그런
지 6월은 전체가 일요일과 비슷한 느낌이다. 일요일
에는 시간의 중력이 소멸한다. 그래서인가, 모든 일요
일은 다 서로 끊어져 있는 것이다.

2

오후에 약속이 있었다. 전철에서 내려 출구로 향하는 계단을 오르다가 문득 고개를 들게 되었다. 계단이 끝나는 지점에 높이 지상이 열리면서 파란 하늘이 보이고, 무수한 초록 이파리가 흔들리는 것이 시야에 들어왔다. 하늘과 잎사귀들이 가득 어우러져 반짝이고 있었다. 지하에서 지상으로 향하다가 대면한 짙푸른 6월이 거의 침입에 가까웠다. 잠깐 계단에 머물렀다. 너무나 태연하게 그 찬란함이 펼쳐지고 있어서였다. 아름다움이라는 것은 분명 한순간의 아낌없는 자태일 것이다. 그리고 갑작스러운 맞닥뜨림일 것이다. 중요한 순간이 언제나 그렇듯 아무 준비도 없이 나는 아름다움을 맞이하고 말았다. 맞이하는 것 외에는 아무것도 할 수 없는 순간이었다. 낮은 자리에서 높은 꼭대기를 올려다보는 상태여서 그랬는지, 만약 영원이라는 것이 있다면 이런 것이 아닐까 하는 생각을 했다. 가슴속에 품었다가 언젠가 지상을 떠날 때면 펼쳐볼, 영원의 한 장면일 거라는.

3

써야 할 원고가 많다. 시 외에도 이런저런 짧은 산
문들, 평문이나 추천글을 써야 한다. 예외적인 분량
의 글을 제외하면 대개의 산문 원고는 마감일을 넘긴
적이 별로 없다. 산문은 시작하기도 전에 벌써 준비
된 것이 있기 때문이다. 목소리다. 산문에는 시와 달
리 목소리가 들어간다. 평문이나 그와 비슷한 글은 목
소리로 생각과 의견, 느낌을 말하는 장이다. 목소리가
있으면 생각이 가능해진다. 생각이 완전히 구비되어
있지 않아도 생각을 조금씩 천천히 따라갈 수 있다.
처음에 안 나던 생각도 글을 쓰다보면 윤곽을 드러내
기도 한다. 산문은 제 목소리로 생각을 말하는 과정이
고, 또 그 과정을 통해 자신의 생각을 보게 되는 조망
이다. 바로 생각의 가시화다. 생각이 세상에 드러나는
것이다.

시에는 목소리가 없다. 미리 준비된 것이 없고 특히 시인의 목소리가 필요하지 않다. 시는 시인의 생각을 전달하지 않기 때문이다. 시인의 설계도 받지 않는다. 시인의 착상 같은 것이 처음에 쓰일 수는 있는데, 그것은 최초의 인사에 불과하고 시는 곧 자체의 동력에 의해 움직인다. 그 방향과 변화를 시인도 예측할 수 없다. 시가 보여주는 것은 시인의 생각이나 정서가 아니다. 어떤 세계 내의 존재, 즉 현상이다. 세계와 그 세계의 보정물인 존재를 같이 보여주는 것이다. 현상의 가시화다. 현상이 나타나는데 어떤 준비된 도구가 있을 리 없다. 그냥 현상을 드러내야 한다. 어떻게 드러낼 수 있을까.

보내야 할 시 원고는 언제나 마음을 누른다. 산문과 달리 시는 마감일을 넘겨 드물게는 잡지사의 재촉을 받고 원고를 건네기도 한다. 시는 만족하기도 어렵고 도대체 완성되었다고 느끼는 순간도 잘 오지 않는다. 손을 대면 다시 꿈틀거린다. 원고를 넘기려다가 한 단어를 움직이고, 결국 다시 찾아온 불균형과 씨름하게 되어 시간을 넘기게 되는 일이 생기곤 한다. 시는 내가 어떻게 할 수 없는, 자체의 발생 지점들로 움

직이는 것이다. 이 발생에 내가 살짝 가담할 수는 있
는데 잘못 끼어들면 수습도 도망도 어렵다.

4

하루가 너무 빨리 간다. 집에 있으면 특히 그렇다. 두 번의 식사와 설거지가 끝나면 하루가 간다. 하루가 빠르고 일주일이, 한 달이 그렇고, 벌써 올해도 반이나 지나가고 있다. 시간은 과연 빈틈없이 빠르다. 현재밖에 없다는 말을 많이 듣는데 그렇지도 않은 것 같다. 현재도 없는 것 같다. 과거나 미래처럼 현재도 무엇인지 모르겠고 사라지기만 한다. 현재가 어디 있는가. 지금 저녁 여덟시를 넘어가고 있는데 이 순간에 밀착하려고 하는 즉시 시간은 째깍째깍 다른 순간으로 넘어간다. 시간을 잡지 못하고 계속 미끄러진다. 현재란, 생각으로는 있는 것 같은데 보이지 않는 유령과도 같다.

시간이 보이지 않고, 시간이 지나는 것도 보지 못하고, 내가 보는 것은 식사와 설거지가 진행된 현장이다. 처음에 식사가 있었고, 그 결과로 어수선한 그릇들이 있고, 나는 그것들을 씻어 개수대에 차곡차곡 쌓아놓은 것이다. 접시들이 깨끗하게 세워져 있다. 이것이 시간의 모습인가. 상태가 달라져 있는 것, 이것을 곧 시간이라 할 수 있는가. 그렇다면 주방에서 방으로 이동한 나 자신이 바로 시간일 것이다.

5

태양이 높고 강렬하다. 손으로 차양을 하면서 태양의 위치를 확인하고 그 위용에 경의를 보내야 할 것 같은 여름이다. 아주 오래전에 이런 식으로 태양의 존재를 느끼며 타오르는 빛을 좋아했던 생각이 난다. 머리나 손등에 떨어지는 뜨거움을 즐기던 시절이다. 강렬한 것들을 맞이하고 맞서려고도 했던 날들이다. 빛의 입력으로 과일이나 곡식이 익는 것을 감탄했던 것이다.

이제는 빛을 피해 걷는다. 빛의 전폭적인 넓이를 피하기가 쉽지 않다. 모든 곳에 빛이 있다. 눈이 약해져서 그런지 밖에 나갈 때 양산에 선글라스 없이는 힘들다. 차나 건물의 유리에 부딪쳐 튕겨오는 빛은 눈에, 얼굴에 고통을 준다. 빛의 공격이다. 무자비한 빛에 내 취약한 육체가 타들어가지 않기 위해 주의를 한다. 하지만 빛이 너무 많다. 모든 거리에서, 건물에서, 사람들에게서 빛이 이글이글한다. 밤에도 빛이 꺼지지 않는다.

6

대화가 쉽지 않다. 대화를 나누고 나면 할말이 제 대로 흘러나온 것 같지 않다. 어느 순간 누가 하는 것인지 알 수 없는 말이 튀어나오기도 하고, 부연을 해도 전달이 잘 되지 않는다. 사실은 전달의 문제가 아니다. 하고 싶은 말이 무엇인지 잘 모른다는 것이 핵심이다. 말을 할 때 풀어놓은 것이 조금만 지나면 그것이 아니라는 생각이 들기도 한다. 대화가 동시적으로 이루어지기 때문일까. 말을 지울 수 없기 때문일까. 지우고 다시 할 수 있다면 좀 나을 것이다.

하고 싶은 말을 찾는 데 시간이 걸린다. 심지어 하고 싶은 말이 있는지도 잘 모른다. 이러한 곤란을 깨닫게 해주는 것이 글이다. 글을 쓰다보면 처음에 등장하는 말이 정작 하고 싶은 말이었는지, 단지 실마리였는지, 아니면 그 반대를 말하고 싶었던 것인지, 그것도 아니라면 아직도 불충분한 것인지가 일종의 지진 같은 파동을 거쳐 서서히 드러난다. 시간이 경과하고 상당한 충돌을 거치게 되는 것이다. 그리하여 글로 이리저리 표현해보고 무엇보다 지웠을 때, 하고 싶은 말의 형체가 나타난다. 지운 다음에 오는 말은 좀더 근접한 듯하다. 그러나 아직도 떨어져서 기다리고 있는 말이 있다. 더 나아가야 한다. 이러한 울퉁불퉁한 과정을 거쳐 내가 말을 찾고 있다는 것을 서서히 납득하게 된다. 그리고 그 말을 간혹 찾아내기도 한다. 글은 기다려준다.

7

자리에 누운 지 두세 시간 만에 잠을 깨는 일이 많아졌다. 어둠 속에 뒤척이다보면 한두 시간이 훌쩍 지나간다. 결국 다시 잠들려는 노력을 포기하고 일어난다. 그리고 두 시간이나 세 시간만 자도 충분하다는 것을 알게 된다. 내가 원했던 것은 하루가 끝나고 그 하루가 다음날로부터 단절되는 것이다.

잠을 얼마만큼 잤느냐가 아니라 잠으로 인해 하루가 문을 닫을 수 있다는 사실이 중요하다. 그렇다. 잠으로 날마다 하루의 문을 닫는다. 이 단절의 연습이 좋고 신성하다. 이것이 지연되는 것이 문제다. 잠의 지연은 고통이다. 빨리 잠들 수만 있다면 언제 일어나느냐 하는 것은 아무것도 아니다. 무슨 일이든지 문을 빨리 닫는 것을 좋아하는 나는 잠에 빨리 드는 방법을 늘 생각하곤 했다. 별로 뾰족한 수가 없지만 말이다.

그리고 문을 늦게까지 열어놓는 모든 공간, 상점이나 편의점 같은 것을 보면 명확하지 않은 어떤 고통을 느끼곤 했다.

새벽 네시가 좀 넘었다. 단절 이후 새로운 하루가 열리는 시작 부분에 있다. 날마다 이러한 출발 지점에 선다는 것이 신성하다. 그 시간이 좀 빨리 오고, 조금씩 더 빨리 오는 것도 나쁘지 않다. 출발 지점에만 있는 미지가 나를 깨뜨린다. 이것을 위해 모든 하루는 단절되어야 하는 것이다. 잠의 존재 이유다.

8

바라본다. 나의 적치물들. 가는 곳마다 이런 것들이 생긴다. 책상 위뿐 아니라 의자 위, 이 선반 저 선반에 올려져 있는 책들은 조금도 거리낌없는 적치물들이다. 지금까지 나를 쫓아온 것들이다. 앞으로도 나를 쫓아올 것들이다. 결국 나를 쫓아낼 것들이다. 반격을 가하기 위해 이사할 때마다 주기적으로 처분했음에도 불구하고 책들은 날마다 여기저기서 날아와 옆에 쌓인다. 쌓이고 이동한다. 내가 옮겨가는 곳마다 표시라도 하는 것처럼, 흔적을 남기려는 것처럼 새로 자리를 잡는다.

책의 의미는 무엇일까. 젊은 시절에는 책이 완벽해 보였다. 누가 쓰든, 어떠한 내용이든 세상에서 가장 훌륭한 물건으로 보였다. 지금은 아니다. 이제 책은 미숙해 보인다. 불확실한 증언이다. 그리고 불확실을

지지하는 그럴듯한 양식의 하나다. 책을 쓰는 사람들은 쓰는 행위를 통해, 쓰고 난 이후의 결과물에 의해, 그것에 대한 세상의 접근과 연결을 통해 이중 삼중으로 불확실을 보증받는다. 저자들은 쓰면서 알 수 없는 것들을 말하고, 독자들은 읽으면서 이해할 수 없는 것들을 말한다. 이 이상한 교환을 지지하는 것이 책과 출판 시스템이다. 그러나 바로 이와 같은 이유로 우리는 불확실하고 불확정적인 것들에 관여할 자유를 얻는다.

나는 간혹, 완전히 텅 빈 방을 그려보곤 한다. 책이 없는 방 말이다. 그러면 걸려 넘어질 일도 없을 텐데. 그러나 그것이 오만일 수 있다는 것을 금방 깨닫는다. 나는 이렇게, 이상한 길에 들어서서 중언부언하는 쓸모없는 현자들의 언어와 함께라야 자유로운 것이다. 온갖 수상한 제목을 달고 있는 책들, 동행이 없이도 아주 멀리까지 가보았다며 그 꼬불꼬불한 길을 증언하는 책들, 표지도 디자인도 제각각인 책들의 이 방관적인 포즈에 의해 숨을 쉴 수 있는 것이다. 나의 적치물들. 오늘도 몇 권을 제대로 꽂기 위해 방에서 거실로 이리저리 돌아다닌다.

9

　짧게 끊어지는 여러 토막의 꿈을 꾸고 일어난 아침
이다. 꿈을 꾸고 나면 꿈에 등장하는 사람들보다 사물
들에 대한 생각을 하게 된다. 사람도 약간 이상하게
나오지만 그보다 사물의 크기나 위치, 작동이 왜곡되
어 머릿속에 남는다. 프로이트처럼 의미를 부여하고
해석을 하고 싶지는 않지만, 사물들의 불균형한 외형
이 강조되어 내 앞에 나타나는 것이 인상적이다. 비슷
한 꿈을 자주 꾸기도 한다. 이사 간 집에 낯선 물건들
이 가득 쌓여 있거나 원래 없던 공간인데 갑자기 구석
에 방이 하나 숨어 있기도 하고, 밖으로 나오면 얕고
더러운 물에 꽃이 피어나는가 하면 들판을 가로질러
말이 다가오고 하는 식이다. 현실에서는 불가능한 사
물들과의 만남이 이루어진다. 변형과 변칙이 자연스
레 횡행한다.

142

변칙이 심한 경우 같은 꿈이 며칠씩 가기도 한다. 이른바 악몽이다. 오래전에 꾼 고양이에 대한 꿈이 대표적이다. 고양이가 식탁 접시 위에 앉아 있고 사람들이 둘러앉아 고양이를 떠먹고 있다. 이 기이한 식사에 나는 영문도 모르고 초대받아 참석해 있는데, 이상하게도 식탁 위의 고양이와 눈이 은밀하게 마주치고 그 순간 고양이가 날아올라 나를 공격하는 꿈이다. 또 지워지지 않는 것이 있는데 혀에서 지푸라기가 자라는 꿈이다. 당황해서 지푸라기를 두 손으로 뽑아내고 뽑아내도 행진을 끝내지 않고 계속 지푸라기들이 자라는 것이다. 두 악몽 모두 놀라고 섬뜩해서 잠에서 깨어났다. 그리고 시로 옮겨졌다. 고양이나 지푸라기의 강렬함을 시로 담아낼 수가 없다고 느낄 정도였다.

꿈을 왜 꿀까. 현실에서는 어디에 있든, 어디를 가든 익히 알고 있는 사물들과 같이 있다. 사물의 세계를 구축해 그들의 호위를 받는 것이 삶이다. 꿈에서는 이것이 흔들린다. 현실의 기억과 감정이 내재되어 있는 사물이 현실의 논리를 부순다. 그리고 전혀 예측하지 못하는 사물의 불가해한 측면이 전개된다. 알고 있다고 생각하는 것이 사실은 알지 못하는 것이었음을 꿈은 드라마틱하게 보여준다. 이 알지 못함을 이렇게 저렇게 해석은 하겠지만 누구도 끝내 꿈을 이해하지는 못할 것이다. 만약 꿈을 이해한다면 그것은 우리 자신에 대한 이해에 도달한 후에나 가능할 일이다. 이해하지 못할 꿈을 계속 꾸는 것이 인간의 몫인 것도 같다. 아침에 알지 못하는 세계로부터 깨어나서 밤에 다시 알지 못하는 세계로 들어가는 것이다.

10

날씨가 가장 가까운 친구다. 맑거나 흐리거나 춥거
나 덥거나 하는, 대체적인 날씨의 표현 기준이 있지만
완전히 똑같은 날은 없다. 미세하게 공기의 습도와 밀
도와 온도가 다르다. 하루하루 날씨의 표정이 다른 것
이다. 모든 날이 고유하다. 하루를 시작할 때면 어제
와 다른 오늘의 이 섬세한 차이에 눈을 뜬다. 시간이
갈수록, 나이를 먹을수록 촉수가 더 예민해진다. 또
그런 것이 자연스러운 일이라 여겨진다.

나도 이렇게 날마다 다를 것이다. 감정과 표정과
외형이 변화하고 있을 것이다. 하지만 이 미세한 차이
를 알지 못한다. 알아도 존중하지 못한다. 나는 나를
언제나 같은 사람으로 생각하고 비슷하게 대하는 데
익숙하다. 그런데 모순이지만 이것도 자연스러운 일
인 것 같다.

7월

1

허공을 날아다니는 날벌레들, 각양각색의 기어다니는 곤충들이 합류하는 계절이다. 하늘에서 땅에서 어느새 나타나 온갖 활개를 치는 존재들이 여름을 넓게 벌린다. 이맘때 여름은 무한정 늘어난다.

2

더운 날들이다. 더워서 집에 있고, 더워서 나가고, 더워서 일을 하지 않고, 더워서 일하고, 더워서 덥다. 더위가 막강한 파워를 가지고 있다. 한 해의 절정이다. 무엇이 되었든 절정을 미워하지 않는다. 기승을 부리는 절정의 순진을 얌전하게 따라간다. 비록 더위가 힘들지만 더위가 수그러드는 것은 마음이 아프다. 여름이 한 해의 끝이다. 여름이 지나면 모든 것이 멈추고 정지하게 된다. 더 나아갈 수가 없는 것이다.

3

책상에 앉아 미세하게 틈이 열리길 기다린다. 시간이 걸린다. 자리에 앉으면 주변의 모든 것이 완강해 보인다. 세계는 단단하고 빈틈이 없고 빼곡하다. 가구는 가구대로, 벽은 벽대로, 물건은 물건대로 잠겨 있다. 그래서 다가갈 수 없고 들어설 수 없다.

어느 순간에 그 완전한 잠김이 열리는 것인지 예측하고 싶지만 물론 되지 않는다. 흥미로운 것은 열리지 않는다고 생각한 순간에 열리기도 한다는 점이다. 예측은 정말 불가능하다. 생각과 무관하게 상황은 진행된다. 이 완강한 세계의 무표정 위로 도마뱀 같은 것이 나타난다. 도마뱀은 움직이면서 기묘하게 잠김을 열어간다. 불현듯 가구가, 벽이 호흡하기 시작한다. 생명체가 되어 움직이고 활성화된다. 서로 연결된다. 도마뱀은 어떻게 나타난 것일까. 여기저기 뛰어오르는 도마뱀은 우연에 가까운 것이다. 손을 내밀어 도마뱀을 잡아보려 한다. 도마뱀은 꼬리를 자르고 사라진다.

시에는 우연이 있다. 예술의 속성이다. 우연이 개입하고 그 우연이 자리잡을 수 있도록 구성하는 것이 작품이다. 우연이 틈을 열고 세계를 연다. 내가 할 일은 그 우연을 기다리고, 우연을 알아보고, 우연을 낚아채는 것이다. 우연을 만들 줄도 알아야 한다. 우연을 만들어낼 수 있다면 예술을 할 수 있는 것이다. 물론 만든 우연이나 다가온 우연이나 차이가 나지 않아야 한다. 우연은 이질성이고 타자다. 날아온 돌 같은 것이다. 돌은 정적을 깨고 동질성을 무너뜨린다.

돌과 도마뱀은 모두 시에서 정체를 알 수 없는 우연이다. 파악될 수 없고, 어디서 왔는지 모른다. 차이가 있다면 돌이 안온한 상태를 깨뜨리는 역할을 하는 반면, 도마뱀은 파괴라기보다 마치 잠에서 깨는 듯한 장면을 열어간다는 점이다. 돌은 일시적이고 도마뱀은 진행적이다. 돌은 현장에 남아 있지만 도마뱀은 붙잡을 수 없다. 그렇지만 둘 다 시를 쓰는 관건이 된다. 나는 돌과 도마뱀의 상태를 반복할 수 있어야 한다.

돌과 도마뱀으로 세계는 충격을 받고 변화한다. 그리
고 새로운 형태를 마련하기 시작한다.

4

귀갓길에 전철에서 내려 터벅터벅 걷다보면 가로
등이 우두커니 켜져 있는 한적한 곳에 24hours라고
쓰여 있는 무인 카페를 지나게 된다. 통유리로 되어
있는 카페는 작고 언제나 은은한 불빛이 흘러나온다.
입구 쪽에 커피 머신이 세워져 있는 게 밖에서도 보인
다. 테이블이 몇 개 되지 않는다. 그 테이블 중의 하나
나 둘에 사람들이 앉아 있다. 동행이 있는 경우는 보
지 못했고 대개 혼자 앉아 차를 마시거나 공부를 한
다. 오늘은 한 사람이 있다. 왠지 그 사람이 그림자처
럼 보인다. 그가 오늘 책을 읽다가 자신도 모르게 어
떤 핵심을 꿰뚫어버리게 되어서인지도 모른다. 그는
그것을 피하지 못한 것이다. 나는 천천히 카페를 지나
간다. 나도 그에게 그림자처럼 보일 수 있다. 하지만
나에게는 그의 핵심이 없다.

5

커서가 깜빡이는 것을 바라보며 턱을 괴고 있다.
썼다 지웠다를 반복하며 다시 커서를 바라본다. 손은
이마에서 턱에서 자판 위에서 빙빙 돈다. 오늘 몇 시
간을 커서를 쫓아다닌다. 쫓아도 나아가도 끝이 없다.
커서는 망설임이 없다. 그 경쾌함, 지칠 줄 모르는 운
동을 한참 보고 있자니 커서는 아직 연속을, 세계와
나의 연속을 제시하고 있는 것만 같다. 그것은 내게
없는 현실을 떠올리게 한다. 커서의 이런 몸짓을 꿈꾸
듯 바라본다.

6

앉아 있는 것이 불편하다. 하나의 자세로 계속 앉아 있는 것이 불편하다. 자세를 바꾼다. 바꾼 자세도 곧 불편해지고 다시 원래의 자세로 복귀한다. 원래의 불편함이 다시 찾아온다. 자세가 늘 문제가 된다. 어떤 자세도 불편해지고 만다. 그래도 자세를 생략할 수는 없다. 다른 방법을 강구해본다. 쿠션을 준비한다. 얇은 쿠션에서 뚱뚱한 쿠션으로, 얕은 것에서 높은 것으로 바꾼다. 그러나 여전히 비슷하거나 다른 이유로 불편하고 이런저런 불편함을 돌아다니게 된다. 얼굴이 새겨져 있는 쿠션은 싫다. 사물이든 동물이든 거의 대부분의 쿠션에 눈코입이 들어간 얼굴이 자리하고 있다. 친근함의 범람이고 사육이다. 친근함이 사람을 꼼짝 못하게 하고 폐인으로 만들기도 한다. 무엇보다 눈을 그렇게 또렷이 새겨놓은 것이 불편하다. 쿠션은 소파에서 의자에서 바닥에서 그 눈으로 나를 바라본다.

의자도 불편의 원인이다. 팔걸이나 전체 높이를 고심해서 고른 사무용 의자인데 상판 부분이 다소 긴 듯하다. 교실 나무의자를 구해서 앉아본다. 오래 있기는 어렵다. 불편함이 싹트는 순간 불편은 또렷해진다. 세상은 불편함의 천국이다. 온갖 편리한 기기들 속에 불편이 도사리고 있다. 그리고 이러한 불편들 때문에 불만을 터뜨리고 오늘도 다른 것을 취할 수 있다.

7

이유 없이 피곤하다. 이유 없이 오래 걷다가 귀가한 날이다. 갈아타야 하는 곳에서 갈아타지 않고 그냥 걸었다. 무슨 생각이 나를 이끈 것도 아니다. 어느 거리인지도 제대로 보지 않으면서 앞으로 내딛기만 했다. 멍하니 거리의 간판들을 보면서 발걸음을 옮기기만 한 것이다. 그런데도 피곤하다. 이유 없는 날이라는 말이 가능할까. 이유 없는 어둠 속에서 사람들이 움직이고 있었다.

김구용의 장시 「꿈의 이상」에는 인상적인 장면이 있다. 대학 강사로 일하는 그가 실직 상태로 무일푼이던 시절, 과일가게에 들어갔다가 쫓겨날 때 흰옷 차림의 여인이 등장해서 오렌지를 집어준다. 오렌지는 그에게 곧 태양이 되고, 이후 그 여인을 그리워하며 찾아 헤매게 된다. 꿈에서 여인을 만나게 되었을 때 그는 여인에게 "난 늘 당신을 생각했습니다"라는 고백을 한다. 이때 여인은 "난 원래부터 이유가 없어요"라고 말한다.

"이유가 없다"는 말이 이상하고도 자연스럽다. 이 말이 시에서 몇 번 반복적으로 솟아오른다. 여인이 처음 보는 그에게 오렌지를 집어준 것도, 그날 그 과일 가게에 들어간 것도, 꿈속에서 그를 만난 것도 모두 이유가 없다는 말이다. "원래부터 이유가 없"다고 하니, 원래부터 그냥 먼지처럼 부유할 뿐이라는 이야기다. 여인이 그를 온통 사로잡고 꿈과 환상을 넘나드는 것 때문에 그는 급기야 병원에 입원까지 하게 된다. 하지만 자연스럽고도 이상하다. 한동안 그의 정신을 지배하던 여인에 대한 욕망으로 불타오르던 그가 나중에는 그야말로 이유 없이 차갑게 식는다. 그는 여인을 완전히 잊고 퇴원한다.

그는 현실에서 난파되지만 다시 현실로 돌아온다. 자신의 입원에서도, 퇴원에서도 이유를 찾지 않는다. 여인이 한순간 그의 삶에 침투해들어온 것처럼, 또 홀연히 여인의 환상이 사라진 것도 이유가 없다. 그는 어느 순간 더이상 여인의 꿈을 꾸지 않게 된다. 이유 없다는 말은 그를 고통스럽게 하지만, 사실은 고통으로부터의 해방에 다름아니다. 욕망으로부터 그는 걸어나올 수 있는 것이다. 모든 것이 '그냥'이니 말이다. 그는 그냥, 현실 속의 한 여자와 결혼을 결심한다. 그렇게 이유가 없다.

8

방에 들어와 있다. 조금 전부터 있었는데, 퍽 오래
전부터 있었던 것 같다. 문을 닫고 심호흡을 한다. 밋
밋하고 단순한 공간이다. 작고 조용하고 편안하다. 짙
은 푸른색의 벽지가 나를 가라앉힌다. 이마를 식혀준
다. 앞에도 뒤에도 푸른 벽지가 있다. 푸른 반사다. 내
가 벽지를 보는 것이 아니라 벽지가 나를 보는 것 같
다. 방에 있을 때 내가 없어지고 있다는 느낌이 든다.
방은 부재가 진행되는 공간이다. 부재의 계정이다. 잠
에라도 빠지는 것처럼 나는 서서히 사라지는 중이다.

그러다 깜짝 놀란 듯 주변을 둘러본다. 두서없이
노트나 펜을 한곳에 모으고 고개를 흔들고 주변을 정
리한다. 방은 갑자기 정리와 모음의 계기가 된다. 벽
지도 계기가 된다. 모든 것이 계기가 된다. 잠이 오는
것도 사라지는 것도 계기가 된다. 사라졌다가 돌아오

는 것이다. 방을 떠나 다시 방으로 돌아온다. 오늘 어디서 무엇을 하다가 지금 여기에 들어왔는지 잠시 생각해본다. 어디서 무엇을 하는 모습이 잘 잡히지 않는다. 쏘다니는, 부질없는 피로의 반사다. 피로로 돌아온 것이다. 벽의 푸른 반사에 비틀거린다.

9

나무를 뒤덮으며 잎들이 빼곡하다. 가까이에서 보는 잎과 멀리서 보는 잎의 차이가 느껴지지 않는다. 본 것과 그려본 것의 경계를 긋기가 쉽지 않다. 본 것과 보지 못한 것의 구분이 잘 되지 않는다. 잎에는 벌레가 들러붙어 있다. 구멍이 숭숭 나 있다. 창백한 것이 나의 눈인지, 잎인지, 벌레인지, 그것도 아니면 벌레가 낸 구멍인지 모르겠다.

흐렸다가 맑아지기도 한다. 맑았다가 흐려지기도 한다. 눈에서 잎이 떨어져나가면 눈은 영문을 모르고 홀로 남아, 흐르지 않는 눈물을 떨어뜨린다. 눈에서 눈물이 분리되는 이 순간은 아무래도 익숙해지지 않는다.

10

하늘에 떠 있는 구름을 본다. 흩어져 있는 구름을 뭉쳐서 구름의 윤곽을 시도한다. 윤곽과 함께 있으려 한다. 윤곽은 천천히 움직인다. 그것은 선명한 경계를 지닌 듯 보이다가도 금방 흐릿해진다. 자세히 보려고 좀더 앞으로 몸을 내밀었을 때 윤곽이 일그러진다. 그리고 사라진다.

어떤 사람의 윤곽이 나타난다. 반복해서 떠오르는 형체다. 내가 보았던 그의 윤곽은 완성되어 있지 않다. 어딘가 끊어져 있다. 오른쪽이나 왼쪽의 한 부분이 헐겁다. 조금 멀리 물러서 보아도 끊어져 있다. 나는 끊어진 사람과 이야기를 나눈다. 그래도 그는, 그래서 그는, 항상 선명하게 말한다. 우리의 이야기는 언어화되지 않는다. 말하지 않은 말이고 듣지 못한 울림이다. 부러진 말이다. 어떤 사람의 윤곽을 완성해보

려고 하지만 실패한다. 어느 부분인가 헐려 있다. 그
부분은 내가 다가가려고 했던 흔적일 것이다. 지워진
윤곽.

11

글쓰기는 불러내기인가. 복원인가. 불러내서 복원하는 것인가. 복원이라는 말은 부정확하다. 대상의 복원이든, 경험의 복원이든, 복원의 불가능을 확인하는 것에 지나지 않는다. 글로 세계를 복원하려는 것은 글쓰는 이의 서툰 야심에 지나지 않는다. 그는 무엇인가를 그려내자마자 그것이 어디서 왔는지, 오는 것인지 알지 못하게 된다. 그것이 무엇인지도 역시 정확히 이해하지 못한다. 무언가 다른 것을 항시 마주하게 되는 것이다.

도대체 글쓰는 이의 머릿속에 있는 무엇을 복원하는 것인지, 복원의 거절인지, 글은 어느 쪽인지 알려주지 않는다. 글은 쓰는 사람보다 많은 것을 알고 있고, 보고 있다. 글이 무엇을 하고 있는지 알지 못하는, 그러한 글쓰기의 미망에 작가들은 놓여 있는 것이다.

작가가 알지 못하는 것을 글은 보여준다. 어떤 우회에도 불구하고 글은 뚫고 움직인다. 그것은 작가가 가기를 원했던 길일 수도 있고 이후에 원하게 될 길일 수도 있다. 그러나 분명, 현재는 가지 못하는 길이다.

12

저녁을 먹고 청계천을 따라 걸었다. 물이 많지는 않았지만 그래도 제법 물소리가 크게 들려왔다. 얼굴로 달려드는 날벌레들을 손으로 밀쳐내며 천천히 걸었다. 그러다가 평평한 바위 위에 앉아 쉬었다. 물줄기, 물의 흐름, 계속 바뀌는 파장을 지켜보았다. 앉아서 들으니 물소리는 한 가지만 있는 것이 아니었다. 크고 작은 몇 겹의 회전이 내는 소리가 켜켜이 중첩되어 들려왔다. 바닥의 돌들 사이로 미끄러지는 부드러운 소리부터 물줄기를 휘몰아가는 가속도가 붙은 맨위의 거친 소리까지 한꺼번에 울려퍼졌다. 정제되지 않은 쏟아짐이 이어졌다. 전혀 조화를 이루지 않은 소리들이었다. 맹렬한데 무심하고 무심하게 맹렬했다. 눈을 감고 가장 작은 소리를 듣다가 가장 큰 소리를 듣다가를 반복하며 시간을 보냈다. 완전한 부조화에서 위로를 찾을 수 있다면 예술은 자연보다 언제나 미흡한 것이다. 자연의 부조화는 가능하지만 예술의 부조화는 한계가 있다. 우리가 이해할 수 있는 것을 조화라 칭하는 것은 예술에 대한 기대 지평을 나타낸 것에 다름아니다. 조화는 예술에 실망하지 않기 위한 조건에 지나지 않는다.

13

해가 질 때 가장 감상적이 된다. 어둠이 오는 순간 할말을 잃는다. 무슨 일을 하고 있다가도 어둠이 다가오면 잠시 일을 손에서 놓는다. 손님을 맞아야 하는 것이다. 어둠이 미세하게 드리우기 시작하는 순간 공기의 순환도 멈춘다. 이제 어둠이 대기를 접수하는 것이다. 만물이 숨죽이고 어둠의 도래를 묵인한다. 이 과정 하나하나가 그토록 순조롭다. 어둠은 냄새도 없고 소리도 없이 전체가 된다. 곧 세상을 뒤덮는다. 이 순간은 날마다 반복해도 익숙해지지 않는다. 조금씩 다가와 모든 것이 되어버리는 어둠을 횡포라고 생각하는 것과는 무관하게, 이렇게 감상적으로 되는 이유는 무엇일까. 해질녘이면 꼭 무엇을 잃는 것 같은 느낌이 든다. 날마다 잃는다. 다시는 돌아오지 못하는 무엇을.

8월

1

　매미 소리에 잠을 깬다. 매미 소리에 상념을 깬다.
매미 소리에 온갖 억측을 깬다. 한없는 심연으로 밀려
가다가도 온몸으로 요란하게 울어대는 매미 소리에
고개를 들게 된다. 구체적으로 청각을 자극하는 이 소
리는 나를 노크하는 8월의 현실이다. 나는 나에게로
떨어지던 시선을 들어 다시 밖을 응시하게 된다. 어떤
때는 실물의 매미가 방충망에 붙어 노크를 실감한다.
이 존재가 새삼스럽다. 이렇게 날카롭고 강렬하게 울
수 있는 존재라니. 소리 없이 소리를 죽이는 나의 울
음은 얼마나 미력한 것인가.

2

　8월은 계속 매미 소리와 함께다. 어디를 가도 피할 수 없다. 이 시끄러운 소리를 불평하는 사람도 많은 것 같다. 나는 간혹 신경쓰이기는 하지만 그렇게 싫지는 않다. 도시의 매미 소리는 어떤 사이렌 소리처럼 들린다. 경계경보 같기도 하다. 전쟁터를 방불케 한다. 여름의 절정이다. 모든 여름이 그랬듯이 올해도 나는 절정을 지나가는 중이다. 이 뜨거운 느낌이 매번 새삼스럽다. 내가 어디에 있든 절정의 순간을 관통한다는 것, 내가 쇠락해가면서도 절정을 맛본다는 것, 이 세계는 영원히, 반복적으로 절정을 보여준다는 것, 이런 느낌이 마치 구원처럼 다가오기도 한다.

3

책상에 앉는 것만으로 얼마나 많은 것을 갈음해왔
는가. 써야 할 것이 있을 때 앉고, 쓰고 싶을 때 앉는
다. 그러나 더 많게는 그냥 앉는다. 책상에 앉아 창밖
을 바라보는 것으로 하루를, 인생을 지나온 것이다.
글이란 무엇인가. 책상에 앉아 글을 쓰는 것은 파멸을
바라봄으로써, 파멸을 지연시키는 행위이다. 언제나
글을 쓰고 있었다. 글을 쓸 수 없을 때도. 그리고 글이
모든 것을 평평하게, 아무것도 아닌 것으로 만들어버
린다는 것을 알고 있다. 쓰는 행위 속에 있을 때 나는
분리될 수 있다. 거리를 두고 무사할 수 있다. 파멸이
다가왔다고 느꼈을 때 글을 쓰면 파멸이 무엇인지 모
르게 된다. 삶도 죽음도 이러할 것이다. 글을 쓰는 동
안에는 나는 삶이 무엇인지, 파멸과 죽음이 무엇인지
영원히 모르게 되리라.

글을 쓰는 것은 현실로부터 고립된 길을 걸어가는 것과 같다. 그것을 낭떠러지라 할 수 있다면 낯선 낭떠러지 위를 걸어가는 것이다. 언어는 나를 날카롭게 관통하지만 그것은 예외 없이 살짝 비켜선다. 나는 언어를 통해 눈물을 흘리지만 그 눈물은 말라서 흔적도 없이 사라진다. 언어로 인해 나는 집중되고 더 많이 이완된다. 언어가 나를 초과하기 때문이다. 언어로 인해 나는 흐릿해진다. 삶은 무마되고 이질화된다. 책상에 앉아 글을 쓸 때 나는 흩어져버리는 것이다.

4

예전에 쓴 글을 펼쳐볼 때가 있다. 『횡단』이 증쇄한다고 해서 몇 가지 수정을 했고, 새로 찍은 책이 도착해 수정 부분을 확인하느라 펼쳤다가 두 편의 글을 내리 읽게 되었다. 지금으로부터 10년도 더 전에 쓴 글이다. 오랜만이다. 언어의 생기와 역동성, 호흡이 지금과 좀 다르게 느껴진다. 너무 오랜만에 펼쳐봐서 그럴 수도 있다. 몇 편을 더 보면 익숙해질 수도 있다.

그런데 이 약간 다른 호흡이, 약간의 거리가 싫지 않다. 이전의 문체가 지금과 다른 속도와 망설임을 가지고 있는 게 눈에 들어오고, 미세하게 차이라는 게 발생하는 데서 설렘도 생긴다. 글이라는 것을 그냥 계속 쓰고 있었을 뿐인데 조금씩 다른 길로 접어든 것인가보다. 그래서 같아 보이지만 다른 길을 가고 있는지도 모른다. 그것은 또한 이전에 쓴 글이 나와 함께 이동하지 않는다는 증거이기도 하다. 글은 이미 다른 곳에서 움직이고 있다. 내가 쓴 글이 나와 함께하지 않는다는 이 실감이 신선하다. 나는 결국 독립적인 글을 썼던 것이며 글은 독자적으로 생존하고 있는 것이다. 아니, 글의 생명이라는 것은 이렇게 저자로부터 멀어지는 증언에 있다고 여겨진다. 이 증언을 할 수 있어야 한다.

내가 쓴 모든 글이 완전히 낯설어지는 순간을 기다리며 현재를 살고 있는 것일까. 모르는 어떤 작가의 글을 처음 읽는 것처럼 내 글을 처음 만나고 싶다. 나는 나를 만나고 싶다. 이 불가능이 가능해지도록 한 글자 한 글자 *끄적거린다*.

5

폭우가 내린다. 움직이지 않고 서 있는 건물들과 움직이는 차량들이 모두 비를 맞고 있다. 빗소리가 너무 커서 천지를 채운다. 빗소리, 이따금 끼어드는 천둥소리, 과해졌다가 약해지고 다시 거세지는 물줄기 소리를 아무 생각 없이 듣는다. 비가 허공을 뚫는 소리와 바닥에 탁탁 부딪치는 소리가 어우러진다. 바닥을 쓸고 한꺼번에 흘러가는 소리도 섞여 있다. 이 모든 소리를 빗소리라 한다.

지금 일을 중단하고 머릿속에서 돌아다니는 생각을 잠시 멈추고 빗소리를 듣는 사람들을 떠올려본다. 집에서 사무실에서 카페에서 상점에서 깊은 숲속 어느 곳에서 손에 있던 것을 내려놓고, 아니면 손에 무엇을 들고 있는지 잠시 잊은 채 빗소리에 귀를 기울이는 것이다. 빗소리를 통해 하고 싶은 이야기를 하고,

듣고 싶은 이야기를 듣는 모습이다. 누군지도 모르는 사람의 이야기를 들을지도 모른다. 그리고 또 한참을 듣다보면 아무 이야기도 들리지 않을지도 모른다. 비가 오는 순간만큼은 말이 필요 없다. 빗소리 속에서 듣는 것과 듣지 않는 것이 같아진다. 그 무엇인가가 한없이 떠내려가는 것을 바라보고 있는 사람들에게 찾아오는 순간이다.

6

8월까지 보내야 하는 시 원고가 다섯 편이다. 여러 편을 한 잡지사에 주어야 하는 경우 모두 다른 컬러로 구성하려는 무의식적인 노력을 하게 된다. 길이, 형식, 등장하는 소재, 어투, 분위기가 모두 다르기를 바란다. 잡지에 실리는 시들을 보면 한 시인의 두 편이나 세 편 시가 비슷한 내용으로 이루어져 있는 경우를 종종 본다. 그 효과가 나쁘지 않다고 느끼는 경우도 적지 않고 나 역시 그렇게 보냈던 적도 있다. 하지만 대개는 다른 것들을 섞어 보내게 된다. 사실은 그냥 다른 정도가 아니라 아주 다른 발화가 나오게 한다. 작품들에게 원심력 같은 것이 작용한다는 것은 단지 막연한 생각일까.

한 편의 시가 불가피하게 보여주는 방향을 두번째 시가 반복하면 이 방향으로의 특성이 나타난다. 반면

두번째 시가 상반되는 방향에 있으면 특성이 지연된다. 다음 시와 또 다음 시들이 마찬가지로 다른 발화로 출현하면 지연이 계속되어 전체를 그리는 것이 어려워진다. 전체가 나타나지 않는 것이다. 전체를 편의상 시세계라고 부르는 것이 아닐까. 하지만 시세계라는 말을 쓰는 것이 언제나 적절한 것은 아니다. 각각의 시들은 압축되지 않는다. 각기 다르다.

원심력은 어디에나 있다. 필요한 차이를 가능하게 하는 힘이다. 글에서 이것은 거의 생리에 가깝다. 방향을 돌리고 특성에 저항함으로써 갔던 길을 벗어나려는 시도이다. 시도는 다양하고 시인들의 원심력은 모두 다른 양상으로 진행된다. 물론 이 시도가 언제나 가능한 것도 아니고 생각과는 다른 모습으로 나타나기도 한다. 하지만 실패 역시 이 원심력에서 비롯된 산물이라 할 것이다.

하루에도 여러 가지 일이 일어난다. 기대하던 것이 이루어지지 않고, 계획이 일그러지고, 예기치 않게 낙심하는 일이 생긴다. 불안이 여러 방향에서 번진다. 세계 내 존재이기에 세계의 작용에 흔들리고 그것에 반응하는 것이다. 세계는 절대적이고 반응은 불가피하다. 흔들리는 동안 세계의 무관심과 잔인함을 느낀다.

무관심이 아니라 무관하다는 생각을 한다. 세계는 나와 무관한데 나는 세계에 붙들려 있다. 그 속에 묶여 흔들리고 마음 아파한다. 이 비대칭 관계가 주는 위안이 있다면 내가 중심이 아니라는 것이다. 모든 근심과 불안은 세계 쪽에서 가하는 힘에 무력한 나의 반응이다. 무력함이 위안이 되다니. 위안을 넘어 구원일지도 모른다. 내가 아무것도 아니라는 사실만큼 효과적인 출구는 없다. 나는 불안하지만 그것은 어쩔 수 없는 반응이라는 것, 그 반응은 서서히 가라앉는다는 것, 이것이 출구다. 나는 세계 내에서 부질없이 왔다 갔다한다. 나와 무관한 힘, 이것에 휩쓸리고 놓쳐질 뿐이다.

8

하이데거의 '언어 가운데로 뚫고 들어가는 언어'라
는 표현이 있다. 이것은 인간의 의욕, 의식을 꿰뚫어
버리는, 존재자로의 회복의 언어를 뜻할 것이다. 언어
가 언어 가운데로 들어선다는 것은 놀라운, 급진적 표
현이다. 이를 위해 어떤 언어가 다른 언어를 시체로
만들어버릴 수 있다는 생각은 언어의 본질이라는 것
을 가정하게 했고, 시인의 언어는 이에 부응해야 할
특화된 것으로 꾸며졌다.

하지만 사실 언어는 그것이 어떠한 것이든 다른 언
어 체계를 뚫고 나아가지 못한다. 언어들은 섞이거나
관통되지 않는다. 서로 접촉하는 순간 차이의 파장을
일으키며 확장되는 쪽에 가깝다. 언어는 인력이기보
다는 척력을 가지고 있는 것으로 보인다. 시인의 언어
는 의식의 언어를 꿰뚫고 나아가는 것이 아니다. 의식

의 언어와 변별되고 병행하고 그 틈으로 스며든다. 시어는 의식에 그다지 관심이 없다. 하지만 의식에 닿아 있고, 그럼에도 의식되지 않는다.

9

덥고 습한 날들이다. 외출 없이 집에서 지낸 며칠이다. 아이스 아메리카노로 8월을 견디고 있다. 에어컨을 싫어해서 책상 위에 작은 선풍기를 놓고 지낸다. 가까이 있어도 작은 바람이라 부담이 없다. 더울 때는 덥다는 생각밖에 하지 않아서 좋다. 아무 생각도 할 수 없을 만큼 덥다. 더위 그 자체에 하루를 맡긴다. 아무것도 하지 않고 그냥 지낸다. 오직 더위만 느끼면서 더위와만 시간을 보내는 것이다. 그래서 8월에 애정이 간다. 8월은 정말 순도가 높다. 이토록 열렬한 온도로 꼼짝 못하게 하는 8월의 우격다짐이 밉지 않다. 더위가 어서 물러가고 제발 서늘한 바람이 불었으면 좋겠다고 생각하지만, 어느 날 문득 아침저녁 기온이 달라지기 시작하면 서글퍼진다. 더위가 꺾인다는 말은 슬픈 말이다. 8월은 격한 달이지만 그 격한 더위의 최후를 보아야 하는 것이다.

10

머리를 감을 때마다 머리카락이 빠진다. 빗을 때도 빠진다. 그냥 손으로 무심코 쓸어올릴 때도 빠진다. 요즘같이 더운 날에는 머리를 묶고 일을 하는데 묶거나 풀 때, 역시 머리카락이 몇 올씩 손가락에 잡혀 나온다. 가능한 한 머리에 손을 대지 말아야겠다고 생각한다. 그래도 화장대나 책상에서 한두 올씩 집어올리게 된다. 소맷부리에 붙어 있을 때도 있다. 바닥에 떨어진 머리카락은 손가락에 잘 잡히지 않는다. 손가락은 바닥에서 계속 미끄러진다. 결국 물티슈로 치운다. 이렇게 미세한 머리카락들을 집안 여기저기에서 수거하여 버리는 일을 거의 날마다 한다.

머리에서 머리카락이 떨어지는 순간을 본 적이 없다. 머리카락이 흔들리며 허공을 흘러내리는 순간을 보지 못하고 이렇게 어디엔가 붙어버린 것만 쫓아다닌다. 보았더라면 손으로 받았을 텐데. 기다란 머리카락이 떨어져나가는 순간의 쓸쓸함을 조금은 함께했을 텐데. 함께하기는커녕 가위를 가져와 앞머리를 자르기 시작한다. 앞머리가 길어져 눈을 조금씩 찌르기 때문이다.

11

소리 내어 읽는 것을 하지 않은 지 오래되었다. 어릴 때는 자주 그랬다. 이제는 글을 눈으로만 본다. 시도 마찬가지다. 우선 떠오르는 이유는 목소리가 주는 연극성 때문이다. 내 목소리를 비롯하여 모든 목소리는 행위라 할 수 있다. 글을 소리 내어 읽으면 언어는 문자에서 행위가 된다. 행위의 좁은 절대성이 나를 구속하는 것만 같은 생각이 든다. 행위, 단번에 목적에 도달한 듯 보이는 것, 이 그럴듯한 확실성에 의구심을 갖게 된다. 행위가 되면서 무엇을 놓치게 되었나. 분명한 것은 소리가 귀에 들리면 이것이 아니라는 생각이 든다는 사실이다.

책은 불완전한 것이다. 불충분함으로써 불완전의 특권을 누리는지도 모른다. 어떻게 불러도 상관없다. 미완성이라 해도 다르지 않다. 책은 실현되지 않는 가능성을 본질로 하는 것이다. 책을 소리 내어 읽게 되면 행위로 이 가능성을 소진한다는 생각이 든다. 눈으로 읽으면 그나마 책의 가능성을 보존하는 것만 같다. 책은 완성되어 있지 않다. 페이지들은 간신히 묶여 있지만 앞뒤로 끝없이 펼쳐짐으로써 선택된 일회성을 벗어난다. 또 책에 쓰인 글들은 숨어 있는 쪽에 가깝다. 글자화되어 있지만 사용되지 않은 것이다. 어쩌면 영원히 사용되지 않을 수도 있다. 책은 펼쳐지는 짧은 순간을 제외하면 대부분 덮여 있는 까닭이다.

12

모든 것이 흩어져 있다. 각각 흩어져 있다. 그게 지금이다. 지금은 흩어져 있음이다. 청소를 한다. 갑자기 정열적으로 청소를 할 때가 있는데 그게 지금이다. 흩어져 있는 것들을 건드린다. 쓸어낸다. 사용한 자국들을 지운다. 지워지지 않는 것들은 문질러 지운다. 쓸고 닦고 하다보면 머릿속이 텅 비게 된다. 치우는 치유를 하게 된다. 처리하지 못한 것들로 가득차 있는 생활을 덜어낸다. 책을 치우고 노트를 치운다. 빈 컵을 치우고 사진을 치운다. 옷가지를 치운다. 언제까지 치우나. 나는 일을 중단하는 법을 알고 있다. 그냥 멈추면 될 일이다. 그러나 오늘은 계속 치우고 싶다. 책상 위에는 아무것도 올리지 않으려 한다. 더이상 보태는 일을 하고 싶지 않다. 이 세계에 무언가를 보태는 존재가 되고 싶지 않다.

9월

1

앞 베란다 가까이에 놀이터가 있다. 주말 오후가
되면 창밖에서 아이들 소리가 들린다. 소리는 날카롭
게 높이 솟아오르고 순식간에 하강한다. 와와! 정말?
싫어! 맞는데? 안 돼! 깔깔대는 소리들이 마구 튀어오
르고 섞이고 해체된다. 저 소리들은 언어가 맞는데, 언
어라기보다는 피부를 뚫고 나오는 분출에 가깝다. 생
음이다. 언어도 날것일 때가 있다. 아니, 언어는 아무
것도 담지 못하는 날것의 기호에 불과할지도 모른다.
여기에 문학은 무언가를 얹으려는 쓸모없는 노력을
경주한다. 잘 안 된다는 것을 알면서도 고투를 벌인다.
이상한 싸움이다. 그래서 애초에 패배한 언어다.

오후의 내 무거운 귀에 쉬지 않고 계속 야! 김성수!
일루 와봐! 아니야! 같은 말들이 폭포처럼 쏟아진다.
말이 말을 덮거나 지우지 못하고 그냥 말들이 동시에

떠 있다. 내가 여기 있지 않아도, 아이들이 집으로 돌아가도 말들은 그냥 남아 있을 것 같다. 허공에 박혀 있을 것 같다. 시는 어딘가로부터 시작되어 허공을 가로질러오는 것인데, 아이들의 이 시끄러운 소리들은 아무것도 가로지르지 않는다. 내가 잘못 생각하는 것일까. 시가 아무것도 가로지르지 않는 것이 될 수 있을까. 현상과 완전 일체가 될 수 있을까.

2

조금 먹고 조금 쓴다. 책장 맨 아래 칸에 주먹 크기
의 돌이 있다. 거무스름한 표면 가운데로 흰 줄이 지
나가는 돌이다. 아무런 각별한 아름다움도 없는 평범
한 모양을 하고 있고 색도 단조롭다. 어떻게 집에 존
재하게 되었는지 기억도 나지 않는다. 오래된 것만큼
은 분명하다. 하지만 무엇을 모으는 취향을 갖지 못한
탓에 집안에 있는 유일한 돌이 되고 말았다. 이것을
별로 의식도 하지 않는다. 주변을 지나다가 눈이 닿기
라도 하면 한번 바라보면 그만이다.

박물관에서 돌로 만든 도끼를 본 적이 있다. 여러
종류가 있었다. 크기뿐 아니라 날렵한 정도도 다양했
다. 수천 년을 지나 현재에 당도한 돌도끼를 빠져들듯
바라본 기억이 난다. 돌로 무엇을 만들려고 한 그 출발
이 신비로웠다. 무엇을 만들려는 시도는 도대체 왜 하

는 것일까. 시도가 어떻게 도끼의 형태로 나타났을까.

갑자기 '방에 돌이 있다'라는 문장이 머리를 맴돈다. 문장이 움직인다. 돌로 만든 도끼가 있다, 돌로 만든 그릇이 있다, 돌로 만든 고양이가 있다, 문장이 다시 움직인다. 너에게 돌이 있다, 네 몸안에 돌이 있다, 돌이 반짝인다, 문장이 천천히 빠져나간다. 너는 돌로 아무것도 만들지 않는다, 네가 보지 못하는 돌이 있다, 떠다니는 돌이 있다, 조금 먹고 조금 쓴다. 나는 그냥 집안 구석에 돌을 내버려둔다.

3

기다림에 대해서라면 토니오 크뢰거의 기다림만큼 정확한 것이 없다. 기다리는 것은 오지 않는다는 것이다. 잉에한테 정신이 팔려 춤 연습 시간에 실수를 하고 도망치듯 물러서 있는 토니오 크뢰거의 간절한 기다림 앞에 잉에는 나타나지 않는다. 이유는 명확하다. 잉에를 기다리기에 잉에는 오지 않는 것이다. 기다림의 냉혹한 본질이다.

기다리는 자는 기다림의 끝까지 가게 만드는 기다림의 황폐함을 만져야만 한다. 그래야 기다림에서 일어나게 된다. 그는 가장 냉소적인 방식으로 자리에서 일어날 시간을 기다린다. 이 냉소는 이런 것이다. 기다리는 자는 어리석은 자이다. 그는 기다리는 것이 오지 않을 것임을 안다. 그가 기다리는 것은 돌이킬 수 없는 회한이고, 불필요한 확인이고, 이 확인을 통해 가장 작은 크기로 축소된 자신이다. 결국 기다림으로 완전히 자신을 탕진해 넝마가 되어서야 자리에서 일어선다. 기다리는 자는 어리석음으로 확증된 현기증을 통해 자신이 사라지기를 바라는 것이다. 기다림의 목적은 오직 이것이다. 어리석음 속으로 충분히, 완전히 소멸되어야 한다는 것.

4

실패가 차곡차곡 쌓인다. 실패와 낯을 익히고 점점 실패에 익숙해진다. 빈손의 연습을 한다. 오랜 시간이 지나고 이제 이것이 무엇인지 감지할 수 있을 것 같다. 원하는 것을 갖지 못한 최초의 실패에서 비롯된 그 무엇 말이다. 바로 원하는 것으로부터의 도피다. 내가 원하는 것을 이루지 못한 그 최초의 실패를 붙잡고, 실패의 얼굴을 들여다보고 반응하게 된 것, 즉 원하는 것의 권력으로부터의 이탈이다. 원하는 것은 참을 수 없는 강력한 권력이어서 이 집중으로부터 멀어지고 분화되어 나가야 한다. 나는 내가 원하는 것으로부터 놓여나는 방식으로 잠재적으로 움직여온 것이다. 원하는 것이 나타나면 나의 몸은 나도 모르게 다른 곳을 향한다. 원하는 상황으로부터의 탈출을 벌써 그린다. 삶은 이러한 궁극적인, 쓸모없는 수행으로 이

루어져 있다. 실패는 이를 돕는다. 실패는 놓여나기의
무의식적인 실천인 것이다.

5

아무것도 없이 쓰기를 하고 있다. 아무 영감도 없이, 아무 상상도 없이 쓰기, 심지어 아무 착상도 없이 쓰기이다. 예전에는 영감이나 상상이 중요했다. 지금도 물론 중요하지만 차이가 있다. 착상도 마찬가지다. 전에는 착상이 필요했다. 착상에서 시작하고 움직이려 했다. 혼자 있으려 하는 것도, 산책을 나가는 것도 그런 이유에서였다. 그런데 어느 순간부터 그 준비물이 생략 가능하다는 것을 알았다. 착상 없이 쓸 수 있다. 무엇을 쥐어야 쓰는 것이 아니다. 무엇을 보아야 쓰는 것도 아니다. 순서가 바뀔 수 있다. 쓰다보면 보인다. 그리고 보게 될 때까지 쓰면 된다. 그리고 보이는 순간부터 남기면 된다. 보게 될 때까지의 여정은 완성하면서 지우면 된다. 착상에서 비롯하여 쓰는 것이나, 착상 없이 쓰다가 착상에 이르게 되어 시의 형체를 완성하는 것이나 차이가 없다. 착상에 이르기까지의 과정을 앞에 하나 추가하기만 하면 되는 것이다.

착상도 만들 수 있다는 생각이 든다. 그렇다면 영감도 만드는 것이 가능하다. 착상이나 영감이나 멀리서 다가오는 기적 같은 아름다움이라면, 이번에는 아름다움의 기적을 만들어보는 것이다. 그것이 충분히 매혹적이어서 만든 것 같지 않게 여겨진다면, 손댄 것 같지 않게 보인다면, 영감에 가까워진다고 할 수 있지 않을까. 아니, 굳이 영감의 옷을 입을 필요도 없다. 영감보다 더 매력적인 공작이 있다면 그 공작성이 더 월등할 것이다. 만들었지만 만든 것 같지 않게 만든 시는 아름답다. 영감과 착상과 공작성이 구별되지 않는 시쓰기를 시도한다.

6

조용히 방해받지 않고 모든 일로부터 멀어져, 한 시간만 있으면 회복되는 것 같다. 거리가 되었든 카페가 되었든 아니면 나의 작은 방이든 상관없다. 매우 간단하다. 단지 혼자가 되면 괜찮아진다. 관련의 무화가 주는 힘이다. 무엇을 이겨내는 것이 아니라 놓여나기에 달려 있다. 더 적은 관련 쪽으로 되도록 움직이는 이유다. 문학은 나의 이런 회복 지향과 근접해 있다. 문학은 이탈에서 힘을 얻는다. 그것이 자유인지는 모르겠다. 그러나 자유로 흘러갈 수는 있을 것 같다. 무리에서 떨어져나왔을 때 할 수 있었던 심호흡이 문학으로 흘러가는 것도 마찬가지다. 이탈, 자유, 문학에는 이렇게 공통된 피상성의 공기가 서려 있다.

7

하루종일 집에 있다보면 내가 가구가 된 것 같은 기분이 든다. 책상 앞에 앉으면 의자 위의 가구, 주방에 있으면 설거지하는 가구, 베란다로 나가 서 있으면 베란다에 놓인 가구와 다를 바 없다. 집안에 있는 물건을 간단히 가구라 한다면 나는 가구가 맞다. 실내를 여기저기 옮겨다니고 있으니 움직이는 가구다. 다른 가구들 사이를 돌아다니고 빠져나가기를 반복하는 가구다.

나의 가구로서의 유일무이성을 이동에서 찾으려 했는데, 생각해보니 틀렸다. 나보다 더 잘 돌아다니는 게 있다. 로봇 청소기다. 하루에 한두 번 모든 방과 거실, 책상과 소파 밑까지 빠짐없이 돌아다니는 이동의 선수다. 요리조리 돌면서 빠져나가는 회전의 명수이기도 하다. 내가 무심코 식탁에라도 앉아 신문을 펴들고 있으면 비키라고 발을 툭 친다. 이동 면에서 내가 낫다고 우길 수가 없다. 반대로 제자리를 오랫동안 잘 지키는 장롱이나 책장만큼 나는 충실하지도 못하다. 잠깐씩 못박힌 듯 실내 한쪽에 멈춰 있기는 하지만 그런 나의 자세는 충실과는 거리가 멀다. 그러니 나는 그저 헛되이 부동과 이동 사이를 오가는 엉거주춤한 가구인 것이다.

8

창밖 어둠 속에 차 한 대가 정차해 있다. 비상등을 켜놓고 있다. 반짝이는 불빛의 압력이 너무 세서 방안에 있는데도 눈이 부시다. 불빛이 움직이는 것 같다. 반짝이는 것은 어떤 불일치에서 온다. 빛과 어둠의 불일치. 한 번의 불일치가 아니다. 불일치를 지속해나가야 한다. 밤에 반짝이는 것은 어둠과의 불일치를 계속 수행하는 것이다.

어떤 것과의 불일치인지 그 대상을 명확히 드러내지 않은, 다른 반짝이는 것들이 있을 것 같다. 불일치의 대상을 모르기 때문이기도 하고 대상과 무관하기 때문이기도 할 것이다. 무관한 불일치가 가능할까. 좀 더 미시적으로 들여다보면 존재하는 것들은 서로 무관하며 무목적으로 불일치한 것이 아닐까. 일치되는 순간 정지하고 움직이지 않게 될 테니 말이다. 그것들

이 지금 반짝이고 있다. 어딘가에서, 일치하지 않도
록, 저 차의 불빛처럼 환하지는 않지만.

9

아침마다 날씨를 확인한다. 갈수록 더위가 식고 있
다. 태양의 위력도 하루하루 사그라든다. 한 해의 3분
의 1에 해당하는 지금부터 남은 네 달은 들여다볼 새
도 없이 서둘러 자취를 감출 것이다. 그나마 수확이라
는 말로 위로를 주고받는다. 도시에서는 실감하기 어
려운 말이다. 수확보다는 폐장이라는 말이 더 적절하
다. 폐장이 진행되는 공간 안에 서 있다보면 그동안
자제되어 있던 인생이니, 감정이니 하는 것들이 서툴
게 튀어나온다. 끝자락에 가면 잘 들고 있던 것을 떨
어뜨리게 되는 것이다. 릴케는 "지금 집이 없는 사람
은 이제 집을 짓지 않는다"고 했다. 이 세계 안에 인
간의 집은 없다. 그것을 가을은 알게 해준다. 집이 없
는 것을 알게 해주고 집을 지을 수 없는 것도 알게 해
준다. 거둬들이고 걷어가는 주체는 시간이고 계절이

고 섭리다. 이 절대적 순환 속에 인간의 설 자리는 보이지 않는다. 그것을 보여주는 계절이 가을이다.

10

잠을 설치고 나면 머리가 무겁고 언짢고는 했는데,
요즘은 머리가 무겁더라도 가능하면 기분만은 이것
을 따라가지 않으려 한다. 잠을 잘 자지 못했군, 사실
적인 한 문장을 떠올리고 마는 식이다. 몸에 잠겨 있
는 피로의 기운을 익숙한 듯 그러려니 하고 신경쓰지
않는다. 밤에 잠이 잘 오지 않아도 잠이 안 온다, 이렇
게 문장화하고 만다. 그러다가 오기도 하겠지, 로 문
장이 이어지기도 한다. 기분을 동참시키지 않는 것이
필요하다고 느낀다.

왜 항상 기분이 발생할까. 그리고 따라다닐까. 스
스로도 제어하지 못할 정도로 어떤 기분에 휩싸이게
되면 이것이 잠깐 이상한 순간이라고 생각하고 지나
가기를 기다린다. 기분이라는 것이 불편하니 불편이
해소되기를 바라는 것이다. 기분에 갇혀 있을 때 모자

를 벗듯 기분을 벗어버리는 연습을 하기도 한다. 모순된 것은 기분으로부터 멀어지면 기분이 그렇게 해로운 것이 아니라는 생각이 든다는 점이다. 기분을 이용할 수도 있다. 하지만 기분으로부터 멀어지려 하면서 이를 활용하는 것은 보나마나 어렵다. 이제 왜 기분이 발생할까뿐 아니라 나는 왜 기분을 이용할 수 없을까, 하는 생각도 생긴다. 기분이 나를 사용하게 두지도 않고, 나도 기분을 이용하지 못하는 평형을 유지하고자 함인가. 나의 안정이라는 것은 기껏 이런 균형의 힘을 빌려서야 가능한 것이다.

11

눈이 많이 나빠졌다. 대학 시절에 안경을 쓰기 시작했으니 그동안 바꾼 렌즈를 다 꼽을 수도 없다. 몇 년 동안 다초점 렌즈를 착용했다. 최근에는 시력이 너무 나빠 별 효용이 없다고 하여 다시 일반 렌즈로 교체했는데 렌즈 두께가 대단하다. 이제는 렌즈를 아무리 바꾸어도 책을 보는 데 불편하기만 하다. 작은 글씨를 보는 데에는 안경을 써도 안 써도 차이가 별반 없다. 비슷하게 잘 안 보인다. 집에서는 안경을 벗고 있을 때가 많다.

그래도 밖에 나갈 때 안경부터 걸친다. 또 마스크도 챙긴다. 안경과 마스크가 나란히 얼굴을 차지한다. 마스크만 얼굴을 가리는 것이 아니다. 안경도 비슷한 역할을 한다. 얼굴을 변형시키는 것이다. 안경을 쓰면 얼굴이 달라진다. 오랫동안 안경으로 얼굴을 은폐

했는데 마스크로 거의 3년간 은폐를 더하니 상황이야 어찌되었든 마음은 편하기만 하다. 얼굴을 가리는, 거의 특혜에 가까운 일을 경험하는 중이다. 드러내지 않을 수 있는 권리를 회복한 것만 같다.

얼굴이란 견딜 수 없는 것 중의 하나이다. 맨얼굴이라는 건 없다. 거기엔 욕망이 기록되어 있다. 처리되지 못한 욕망이 만들어낸 것이 얼굴이다. 얼굴을 들고 다니는 것은 그러므로 폭력에 가까운 일이다. 자신의 얼굴로 자신도 모르는 폭력을 행사하는 것이다. 자신의 욕망으로부터 타인을 보호해야 한다. 또한 자신도 원치 않는 욕망으로부터 자신을 보호해야 한다. 넬리 작스는 "얼굴을 돌리고 나는 기다린다"고 했다. 오늘 만난 사람들이 모두 얼굴을 가리고 있었다.

12

때때로 떠오르는 장면이다. 그는 서 있고 나는 앉아 있다. 그는 앉아 있고 나는 서 있다. 위치와 자세의 상이함이 우리를 서로 보게 한다. 보지 못하게 한다. 함께 있음이 우리를 서로 보게 한다. 보지 못하게 한다. 그는 아주 오래전에 떠나보낸 자이다. 그는 떠나간 후 돌아온 자이다. 그는 떠나지 않은 자이다. 그는 내게 들어온 후 한 번도 떠나지 않은 자이다. 그는 삭제된 자이다. 그는 말하고 나는 듣는다. 그가 말하면서 말하지 않은 것을 나는 듣는다. 그가 말하지 않은 가운데 말한 것을 나는 듣는다. 나는 듣지 못한다. 그에게서 나오는 말은 그에게 머물러 있기 때문이다. 그에게서 나오지 않은 말도 그에게 머물러 있기 때문이다. 나는 듣는다. 내가 그에게 머물러 있기 때문이다.

1

10월이다. 시간이 가는 소리가 들린다. 대기가 찬
곳으로 움직이는 기운도 느껴진다. 열어놓은 창으로
새들의 지저귀는 소리가 끊이지 않는다. 퍽 멀리서부
터 가까운 곳에 이르기까지, 전에는 들리지 않던 많은
소리가, 보이지 않던 소리가 10월에는 한꺼번에 다가
온다. 하나하나 아주 잘 들린다.

2

시 한 편을 완성하는 데 더 까다로워졌다. 정확하게 이야기하면 미완성인 채 내버려두는 시간이 길어졌다. 시간이 지나면 달리 보이는 까닭이다. 그래서 얼핏 시의 형체가 이루어지고 나면 그때부터는 내버려두었다가 생각날 때 시를 열어보고 고치고 닫는다. 더 손을 보지 않아도 되겠다는 생각이 들 때까지 들어갔다 나왔다를 반복한다. 한 번에 완성하지 않는다.

작품을 완성하는 데 절대적으로 필요한 것이 시간의 경과다. 시간이 지나면 나는 다른 사람이 되어 시에 다른 감각을 들여오게 된다. 생각지도 못하던 디테일을 살리기도 하고, 애초의 방향을 흔들어 다른 곳으로 가보기도 하고, 새로운 움직임을 불어넣어보는 것이다. 그래서 시가 단일한 건축물이 아니라 전 방향에서 움직이는 활성체가 되도록 한다. 이것은 쓰는 사람이 단수가 아니라 복수가 되어야 가능한 일이다. 시간은 나를 복수로 만들어준다.

결국 내가 바라는 것은 동질성의 파괴다. 내 목소리가 계속 울리는 동굴 속에서 쓰고 싶지 않다. 동굴을 나오기가 쉽지 않으면 환기를 해야 한다. 새로운 공기를 맞이하고 다시 낯선 호흡을 하는 데에는 시간만큼 절대적인 것이 없다. 나는 다음날이 되면 언제나 다른 감각과 상태에 놓인다. 그래서 내 시도 날마다 달라진다. 시를 쓰는 즐거움은 여기에 있다. 출발 후 계속 달라지는 것을 쫓아가는 일 말이다. 쓰는 동안 경험하는 변화와 새로움, 이것이 시다.

3

소설을 쓰고 싶다고 느낄 때가 있다. 예전에는 좋은 소설을 읽었을 때 그런 생각을 했다면, 지금은 언어와 접촉하는 시간을 늘리고 싶어서다. 산문이 시보다 길다는 단순한 이유로 산문에서 더 많은 경험을 할 수 있다고 여겨진다. 몸과 생각이 머무르는 물리적 시간과 부피가 더 큰 것이다. 그래서 장편소설을 쓰면서 노동하듯이 하루에 몇 시간씩 붙어앉아 압도적 분량의 글자들을 입력하고 싶다는 생각을 한다. 긴 호흡의 글들 속에 생각을 녹여가는 과정을, 그 과정의 생산성을 경험하고 싶은 것이다.

그러나 사실 마음뿐이다. 똑같은 이유로 소설을 쓰지 못한다는 것도 안다. 인물이나 상황에 대한 생각을 하면, 그것이 설정되는 순간 싫증을 내는 나의 변덕 때문이다. 소설은 길기 때문에 일정한 정도로 설정에 충실해야 한다. 설정을 넘어 구현해내야 한다. 한 번 한 생각을 바꾸기가 당연히 시보다 어렵다. 바꾸기보다는 초점을 맞추어나가는 쪽에 가까운 것 같다. 쓰면서 계속 변화하는 내 방식으로는 어림도 없다. 충실이나 구현 같은 것에 끌리면서도 실제로는 하지 못할 것 같다.

마음은 있지만 손대지 못하는 것은 소설을 쓰는 일만이 아니다. 언제부턴가 소설을 읽는 일도 힘들어졌다. 구도와 생각이 보이는 것을 견디지 못한다. 내가 보는 것은 표현에 지나지 않는다. 최소한으로 읽는 나쁜 버릇이 든 것이다. 아니, 내게는 표현이 최대한의 읽기다. 소설을 표현으로 본다는 것이 이상하기만 하다. 하지만 시와 소설은 표현과 문장이 다르다. 작품마다 차이가 있기는 하지만 시보다 소설의 표현이 더 날것에 가깝다. 대화체도 많고 인물을 통해 말을 즉물적으로 보여준다. 소설의 직접적인 문장들에 눈길이 가는 것이다. 그래서 페이지를 설렁설렁 넘기며 표현을 본다. 소설을 읽지도 쓰지도 못하지만.

4

집으로 돌아오는 길에 언덕이 있다. 언덕을 오르내린다. 생각해보면 지금까지 살았던 대부분의 집이 언덕 위에 있었다. 중학교, 고등학교도 마찬가지다. 언덕을 통해 당시를 떠올린다. 회상의 입구에 늘 경사가 놓여 있다.

언덕에서는 사람들이 또렷이 보인다. 오를 때는 앞서 오른 사람이 보이고 내려갈 때는 벌써 내려간 사람이 눈에 들어온다. 반대 행로로 마주쳐 오는 사람도 잘 보인다. 대부분의 극단은 서툴게 보이는데 길의 극단이랄 수 있는 언덕은 온화해 보이기도 한다.

언덕을 좋아하는 이유는 중간에 한 번쯤 멈추게 되기 때문이다. 야채거리를 실은 카트를 끌고 오르기라도 하는 날에는 두 번 정도 멈춘다. 짐과 함께 멈추어서 있으면 나도 짐이 되고, 누가 나를 끌고 가는지 모

르게 된다. 하고 싶은 말은 입안에서 다 녹고, 서서 입
김만 내뿜게 된다. 그리고 아직 녹지 않은 소리들을
듣는 것이다. 언덕을 뛰어내려가는 아이들의 발소리,
쌩쌩 오르는 배달 오토바이의 부릉거리는 소리를 듣
는다.

5

무엇이 나를 흔들고 있는데 무엇인지 모르겠다. 간혹 외출했다 돌아오면 이 미세한 흔들림에 속수무책이다. 너무 미세하기 때문에 집중으로도 잡을 수 없다. 무엇 때문에 동요가 오는 걸까. 평범한 대화, 웃음을 나눈 것뿐인데.

세계와의 대면만으로도 반응을 하고 파문이 인다. 파문의 음영, 넓이, 지속 시간이 모두 다르다. 오늘은 귀가해서 한참을 책상에 앉아 있었다. 이것에 자신을 맡기고 서서히 대화하려 했다. 역시 잘 되지 않는다. 이 파문이 내면 깊숙한 곳에서 작동하는 것인지 아니면 표피적인 감각에 묻어 있는 건지조차 파악되지 않는다. 알 수 있는 것은 단지 파문이 계속 일고 있다는 것이다. 이것이 번지고 있는 중이다.

의식이란 이토록 무력하다. 해석은 늘 어리석다.

그래서 무엇 때문에 동요가 온 것인지 묻는 것이 무의미하다. 아니, 어쩌면 질문이 잘못일 수도 있다. 무엇 때문이 아닐 것이다. 그냥 움직이고 동요하는 것에 지나지 않을 것이다. 언제나 접촉하고 흔들리는 것 말이다. 세계와의 접촉으로 인한 파열일 뿐이다. 나는 파열중이다. 나는 아무것도 알지 못한다. 자신에 대해서, 자신이라고 생각하는 것에 대해서, 아픔을 느낄 뿐 알 수 있는 것은 아니다.

6

　기운이 없다. 해야 할 일이 있는데, 급하지는 않아
도 조금 써두어야 하는 글이 있는데 치워둔 상태다.
그냥 기계적으로 시간을 흘려보내고 그렇게 시간이
지나기를 바란다. 저절로 모든 것으로부터 멀어져버
렸다. 무심코 책상 위에 쌓인 책의 권수를 세는 일도
하지 않는다. 부재중 전화에 답을 하지 않는다. 무엇
에 부딪치거나 튕겨나간 것이 아니다. 그냥 기운이 없
고 작동이 멈춘 것이다.

　사실 주기적으로 이렇게 엔진이 멈춘 상태에 빠진
다. 서성거리는 걸음을 치운다. 무엇을 위해 서 있었
던가. 걸음들이 다 떨어져나간다. 이 일과 저 일과 일
의 묶음과 일의 부스러기들의 거리가 방기된다. 그것
들을 주워올리고 싶지 않다. 내게는 이상한 상습적인
외면 같은 것이 있다. 기운 없음도 일종의 외면이다.

녹이 묻은 외면이다. 그런데 오늘은 이 외면이 충분하지 않다. 외면으로 충분히 덮이지 않는다. 무엇이 필요한지 모르겠다. 어떤 어리석은 격발이 튀어나와 무의미한 균형을 망가뜨리길 바라는 것 같기도 하고 뭐가 뭔지 모르겠다. 새벽에 보았던 서리 때문인지도 모른다. 오늘 난데없이 서리가 내렸다.

7

어젯밤은 오래도록 잠을 이루지 못했다. 자정 무렵 누웠는데 중간에 일어나 앉았다가 다시 누웠다가를 반복하며 새벽 네시가 지난 것을 알았고 그냥 잠을 포기할까 하는 순간에 설핏 잠이 들었던 것 같다. 일곱시에 일어났다. 늦은 오후에 마신 커피 때문은 아니다. 어떤 생각에 사로잡혀 있는 것도 아니다. 불을 막 껐을 때 그 순간 전체가 되는 어둠을 맞고, 그리하여 눈앞에 다가온 어둠을 바라보고, 어둠 속에 누워 내가 폐지되는 순간을 감각하면서 시간이 다 가버린 것 같다.

잠을 자지 않고 누워 있는 시간이 매우 빠르게 지나간다는 것을 알고 있다. 몇 번 뒤척이다보면 서너 시간이 지난다. 일할 때와 비교가 되지 않는다. 아무것도 하지 않을 때, 시간만을 세고 있을 때, 시간이 가장 빨리 간다. 시간 옆에서의 머무름이다. 시간의 얇은 막 위에 떠 있는 동안, 거기에 붙어 있는 동안 나는 널빤지처럼 존재하기만 한다. 시간과 함께 어디로 밀려가는 것인지 생각할 겨를이 없다. 시간의 유일한 허락을 받고 내가 세계에 속하지 않는 것 같은 현기증을 느낄 뿐이다. 시간 옆에서, 시간을 재는 자만이 시간과 함께 날아가버린다.

8

감정이라는 것이 어떻게 발생하는지 모르겠다. 어제 전철 승강구에 서 있었다. 전철이 멈추고 문이 열렸다. 탈지 말지 망설이고 있었다. 타지 않을 수도 있었는데, 시간이 흐르고 단지 망설임을 끝내겠다는 듯이 발을 디뎠을 때, 스크린 도어가 닫히면서 발이 끼었다. 뒤로 발을 빼려 했는데 잘 되지 않았다. 하지만 금방 스크린 도어가 열려 별문제는 없었다.

몇 시간 시내를 돌아다니는 동안 이 일은 짙은 안개처럼 마음을 천천히 덮었다. 내가 육체를 가지고 있고 육체가 여기저기에 끼어 있기에, 어제의 그 순간은 명료한 알레고리가 되고 말았다. 다른 한편 난생처음으로 자신의 육체를 본 것도 같았다. 타인의 눈으로 본 것 같은 그 발은 알 수 없는 감정을 유발시켰다. 발은 우둔하고 불가항력이고 마지못한 개입이고 너무 늦은 판단이고 불필요한 소모이고 지워지지 않는 슬픔이고 등등으로 생각되면서도 사실은 그렇지도 않은, 오히려 낯설고 알 수 없는 한 장의 사진이었다. 이 사진이 무엇인지 알 수 없었고 여기서 발생하는 감정을 알 수 없었다. 감정은 대개 헝클어지며 여러 색이 뒤섞이기 마련이지만 이 감정은 뭔가 또렷한데 이해할 수 없는 것이었다. 하루가 지나서도 정체가 떠오르지 않았다. 감정이 흐려지기만을 기다릴 뿐이다. 옆으로 치우는 것을 잘하지 못하기에 기다릴 수밖에 없다. 알지 못하는 감정이 이런 식으로 옅어지고 사라져갈 것이다.

9

글을 쓰게 된 이유 중의 하나는 아마도 벗어남에 있을 것이다. 나는 흔히 말하는 부질없는 것을 기억하고 이 기억에 자주 사로잡힌다. 그리고 기억에는 감정이 털실처럼 뭉쳐 있다. 기억과 감정은 쉽게 다른 것으로 이동하지 않는다. 흐려진 듯해도 시간이 지나면 생생하게 다시 살아나곤 한다. 이것이 반복된다. 다시 기억과 감정의 현장을 꺼내 상영하는 일을 통해 그 일의 앞뒤를 살펴보곤 한다. 흥미로운 것은 다시 그 순간으로 돌아가도 그때처럼 행동할 수밖에 없다는 확인이다. 과거의 행위가 적절해서가 아니다. 과거의 상황을 너그럽게 수용하게 되는 것도 아니다. 단지 행위의 미숙함 속에 숨어 있는 감정을 느끼기 때문이다. 감정이 거기 웅크리고 있는 것이다.

이 감정을 놓아주는 일이 잘 되지 않는다. 어떤 감

정은 또렷한 통찰과 함께 냉소로 배웅했다고 생각했는데 다시 돌아오기도 한다. 글을 쓰는 일이 여기서 비롯된다. 기억과 감정을 단지 노출하는 것이 아니라, 이에 의지해서 글을 쓸 때 순간 벗어나는 것 같다. 기억에 의지해서 기억을, 감정에 의지해서 감정을 벗어나는 것이다. 글을 쓸 때 가능한 일이다. 글이 어떻게 벗어남을 가능하게 하는지는 중요하지 않다. 이렇게 사로잡힘을 해결하는 방식이 존재하고 나는 그리로 나아갈 뿐이다.

10

흐린 날이다. 안개가 끼고 대기가 잔뜩 웅크리고 있다. 세수를 몇 번이나 했다. 물기를 수건으로 닦고 책상에 앉으면 책상 위에 올려진 책들이 낯설다. 다시 책이다. 또 책이다. 오늘은 지친다. 책을 쓰는 일이, 계속 중얼거리는 일이, 무람없고 번다하게 보인다. 책은 튀어나와 있고 책의 발화도 튀어나와 있다. 책을 펼치고 페이지들을 와르르 넘긴다.

책을 끼고 다님에도 불구하고 책을 읽으면 현실감을 도무지 갖기 어렵다. 알 수 없는 대기권에 진입하여 높이 떠다니는 것 같다. 마치 어린 시절이나 젊은 시절, 중력 위에 높이 떠서 삶이 아주 멀리 있는 것 같던 느낌 비슷하다. 또한 책은 나를 협로로 이끌기도 한다. 아니, 협로에 있는 나를 용인하게 해준다. 어떠한 경우든 현실에 진입하는 것이 아니다.

하지만 다른 한편으로 생각해보면, 이렇게 비켜섬에 의해서 현실을 보았던 것도 같다. 현실에서가 아니라 그보다 약간 위나 아래에서, 어떤 이지러짐을 경유하면서 보았을 것이다. 내가 보았던 것이 현실이라면 말이다. 현실이란 순간순간 좁혔다 늘렸다 하는 거리를 필요로 한다. 거리감을 통해 볼 수 있다. 그런 점에서 책은 번다하지만 그 번다한 거리로 현실을 불러 세운다. 다시 쌓여 있는 페이지들을 넘긴다. 책 냄새로부터 일어서서 세수를 더 해도 좋다. 물론 하지 않아도 좋을 것이다.

11

10월이 가고 있다. 10월에는 지붕이 사라지는 느낌이 든다. 지붕 위의 첨탑도 사라진다. 어느 화보에서 본 도시의 지붕들이 붉었다는 생각이 든다. 머릿속에서 그 지붕이 그려진 페이지를 넘겨보려 하지만 꿈쩍도 하지 않는다. 붉은색이 흘러내리는 페이지만 계속 펼쳐져 있다. 집들이 서 있는 것을 보러 예전만큼 산책을 나가지 않는다. 대신 방이라는 일정한 공간에 머물러 있다. 여기서 내 그림자를 만들고 지우고 다시 만들고 있다.

11월

1

비가 조금씩 내리는 오후다. 흐리고 어둡다. 이 비가 그치면 나뭇잎들이 더 많이 떨어질 것이다. 대기는 정적에 감싸여 있고 점점 더 무거워진다. 비가 멈추었다가 다시 내린다. 비로 밀려난다, 비 아닌 것들이. 부서지는 잎으로 밀려난다, 잎이 아닌 것들이. 어두운 바닥으로 밀려난다, 바닥이 아닌 것들이. 한때의 찬란한 것들이, 개별적인 시간과 존재들이 끝없이 밀려난다.

바닥에는 밀려난 것들이 떠다닌다. 빗물들이, 부러진 나뭇가지들이, 찢어진 종이들이, 정체를 알 수 없는 쓰레기들이 떠다닌다. 어두운 형체로 밀려다닌다.

2

의자를 버리게 되었다. 바퀴 달린 책상용 의자다. 현관을 나서 엘리베이터를 타고 단지를 가로질러 아파트 정문 앞 폐기물 버리는 곳까지 의자를 밀고 갔다. 팔걸이 부분을 붙잡고 끌기도 했다. 어둠 속에서 바퀴가 허겁지겁 구르면서 빙빙 돌았다. 커다란 드르럭거리는 소리가 함께했다. 도착해서는 폐기물 스티커를 붙였다.

아파트 정문에 경비실이 있다. 경비실에는 작은 창문이 있고 창문은 거의 닫혀 있다. 창문 너머로 경비원이 앉아 있는 것이 보였다. 모자를 쓰고 경비복을 입고 있다. 나는 창문을 두드렸다. 경비원이 나오고 나는 의자를 내놓았다고 말했다. 경비원은 폐기물 스티커를 붙이라고 했다. 나는 이미 붙였다고 했다. 그럼 되었다는 말을 들었다.

경비원은 경비실에 들어가지 않고 하늘을 보고 땅을 보더니 의자가 아니라 단지 내에 주차되어 있는 차들을 살피기 시작했다. 그리고 입구 쪽에 있는 어떤 차량에 불법 주차 스티커를 붙였다. 시간이 지나면 차량 주인이 나타날 것이다. 스티커를 떼느라고 쩔쩔맬 것이다. 아닐 수도 있다. 노란 불법 주차 스티커와 함께 몇 날 며칠 대낮 속을 돌아다니다가 어느 곳이든 주차할지도 모른다.

돌아서며 뒤를 돌아보았다. 의자에 어둠이 내려앉아 있었다. 어둠 속으로 모습을 감추기에 좋은 시간이었다.

3

얼굴이 갈수록 낯설어진다. 오랫동안 내가 익숙하던 나의 얼굴이란 게 있고, 그것에 붙어 있는 애증이 있다. 그런데 최근 들어서는 그 켜켜로 쌓인 익숙함에 미세한 균열이 생기고 있다. 내 얼굴이 변화하는 중이다. 변화가 낯설고 적응하기 힘들다. 이 변화를 만드는 주체가 시간이라고들 한다. 시간이라는 말은 무척 막연하게 들리고, 마치 어떤 인격체가 내 얼굴을 예측할 수 없는 다른 얼굴로 만들어버리는 것 같다. 속수무책이다. 얼굴의 기본 윤곽선이 바뀌고 있다. 얼굴 구석구석에 없던 선들이 생긴다. 뚜렷했던 선은 희미해지고 새로운 선들이 나타나는 중이다. 선의 장난이다. 하필이면 인간의 정체성 그 자체인 얼굴에 와서 장난을 치는 이유를 알 것도 모를 것도 같다. 이 장난이 갈수록 심해질 것이다. 내가 내 얼굴을 몰라보게 될 것이다.

나는 장난하는 선들 사이로 사라져갈 것이다.

4

고요한 11월의 오후다. 11월에는 마치 죽은 자의 내장 속에 들어 있는 것만 같다. 그는 숨을 쉬지 않고 말도 하지 않는다. 식어가는 체온만 있다. 그의 밖으로 나가야 하는데, 그런데 왜 그래야 하는지는 모르겠다.

5

공기가 무겁고 가라앉아 있다. 흐린 날이다. 시를 제대로 완성한 것이 오래전 같다. 몇 문장 진행하다가 내버려두고 다시 다른 시로 시도를 하다가 문을 닫고 나오고를 반복한다. 문장의 속도나 위치가 마음에 들지 않는 탓이다. 문장이 너무 느리거나, 속도의 전환이 되지 않아 맥이 풀리거나, 아니면 문장이 내가 원하는 높이의 비행이 되지 못하는 경우다.

내가 쾌적하게 느끼는 것은 아주 낮은 비행이다. 사물을 스치되 사물에 붙어버리지 않는 정도의 위치다. 스치는 틈으로 문장이 운동한다. 말의 속도와 위치 변화가 가능해진다. 말이 운동을 하고 있느냐가 생기의 관건이다. 운동이 원활하게 진행되면 탄성이 생겨 시가 움직이게 된다. 움직이면 된다. 시는 스스로 움직여서 읽는 이를 움직이는 것이다. 이것이 시의 모험이다.

물론 고도의 기술이 필요하다. 기교일 수도 있다. 그런데 언어의 좋은 운동은 기술 안에 있지 않고 기술을 품는 순간에 있다. 기교를 품게 되면 운동은 자유로워진다. 기교를 품을수록 가벼워지는 그런 역설이 가능할 것인가. 언어는 기교가 있어 반짝이는 것이 아니다. 기교로 식지 않아 반짝인다.

날만 흐린 것이 아니다. 나의 언어가 흐리고 무거워진다. 생기가 필요하다. 반짝이는 언어로 가보지 않은 길을 계속 가야 하는 것이다.

좋은 글을 보면 글에 의지한다. 그러다가 곧 그 자극을 떨어낸다. 다시 망망대해에 떠 있다. 그냥 떠내려간다. 그러다보면 좋은 글을 또 보고 싶다. 다시 다른 좋은 글에 의지한다. 또 글을 밀어낸다. 계속 망망대해다. 크고 작은 나뭇잎들이 나타났다 사라졌다 한다. 손을 내밀어 잠깐 잡아도 나뭇잎들도 함께 떠내려가는 중이다.

7

아침에 일어나면 사과를 먹는다. 오랫동안 변하지 않는 습관이다. 겨울이 다가오면 부사를 많이 먹는데 요즘 계속 시나노를 먹는다. 시나노는 겨울에 누리는 가장 은밀한 향유다. 오늘도 일어나자마자 양치를 하고 물 한잔을 마시고 시나노 반쪽을 먹는 것으로 하루를 시작한다. 책상에 앉으면 몸속으로 들어간 시나노가 감각을 깨운다. 감각이 리셋된다.

사과에 대한 시를 몇 번 썼다. "사과는 사과나무를 불태운다. 사과나무는 아름답다"(「사과나무」, 『왜가리는 왜 가리놀이를 한다』, 문학과지성사, 2015)로 마무리되는 시가 있다. 사과도 보이고 사과나무도 보인다. 사과가 아름다운지 사과나무가 아름다운지 모르겠다. 사과나무를 불태우고 내게 온 사과다. 사과를 먹고 나면 무엇을 할 수 있을 것 같은 생각이 든다. 글도 쓸 준비가 된다.

어느 층에선가 공사하는 소리가 들린다. 에어컨 공사한다는 안내를 엘리베이터 안에서 본 것 같다. 드릴로 벽을 뚫는 것 같은데 소리가 굉장하다. 소리가 멈추었다가 계속되는 것을 듣고 있다가 일어나서 옷 정리를 한다. 왜 그러는지는 잘 모른다. 무언가 한곳을 정해 손을 대고 치우고 정리하는 일을 가끔 하는데 지금이 딱 적절한 타임이다.

옷장을 연다. 가을의 변덕스러운 날씨 때문에 아직도 앞쪽에 있는 얇은 옷들을 세탁소 맡길 것과 집에서 세탁할 것, 그리고 재활용함에 넣을 것으로 분류한다. 드릴 소리에 맞춰 움직인다. 여름 가을이 지나는 동안 한 번도 입지 않은 것도 있다. 입지 않아도 옷들은 옷장 안에서 낡아간다. 잘 입지 않는 옷을 처리하고 나중에 아쉬워하는 일도 있지만, 버리지 않고 두었다고 해서 입게 되는 것도 아니다. 이 옷을 버리려 생각하면 저 옷도 버리고 싶다. 왜 이렇게 옷을 모아두고 사는지 한숨을 쉰다. 헤어지지 못하는 옷들을 다시 배치한다. 겨울철 옷을 더 앞쪽 가까이에 옮긴다. 이번에는 한숨을 쉬지 않는다. 드릴과 옷이 어떻게 조화가 되는지 모르겠다. 드릴 소리가 끝나니 옷 정리도 대충 끝난다. 공동주택이다.

9

　기온이 많이 내려가 코트를 꺼내 입는다. 옷장에
걸린 것 중 하나를 고른다. 코트가 좀 얇은 것 같거나
벌써 너무 두꺼운 것 아닌가 하는 짧은 망설임이 있
다. 11월 날씨는 옷 맞추기가 어렵다.

　어떤 코트든지 입게 되면 떠나는 차림이 된다. 왠
지 비장하고 지상을 떠나는 느낌이다. 특히 긴 코트를
처음 꺼내 입는 날은 이 느낌이 몹시 선연하다. 코트
를 입고 거리로 나서면 떠나는 것투성이다. 떨어진 잎
들이 길게 행렬을 이루어 굴러다닌다. 해 질 무렵 나
무나 건물들의 그림자는 다른 어느 때보다 길게 바닥
을 서성인다. 무엇보다 지상의 모퉁이들을 지나 한 해
가 떠나고 있다.

　시간이 떠난다는 말이 좀 이상하다. 내가 지상을
떠나는 느낌은 시간이 떠나고 있다는 자각에서 오는

것일까. 시간을 따라 나도 어딘가로 가버리고 있다는 감상의 소산인 걸까. 그래서 기다란 코트를 입고 이렇게, 다른 계절에는 인지하지 못하는 막다른 골목을 넘어가는지도 모른다. 이제 정말 막다른 골목이다. 코트를 잘 여며도 11월의 쌀쌀한 바람이 몸에 스민다.

10

오후 4시 44분이다. 노트북 오른쪽 하단에 시간이 표시된다. 숫자가 기계적으로 바뀐다. 어제도 그제도 이 시간을 지났고 지금도 지난다. 숫자가 바뀌는 데 어려움이 없다. 어떤 불편도 없이 시간이 자동적으로 흘러간다. 나는 앉아 있다. 그리고 무슨 규칙적인 행위라도 하듯이 때때로 시간을 본다. 10분이나 20분이 지나는 동안 몇 번이나 시간을 보았는지 모른다. 그러지 않고서는 앉아 있을 수 없다는 듯이 말이다. 왜 시간을 볼까.

시간을 의식하고 있다. 시간이 홀로 흘러가는 것이 아니라 이 세계에 번지는 것을 보려는 것이다. 책상 위의 커피, 비스킷, 휴대폰, A4 인쇄물로 시간이 어떻게 스미고 지나가는지 확인한다. 시간은 불공평하게 사물들을 통과한다. 예컨대 이 흰 종이로는 시간이 거의 옳지 않는 느낌이다. 종이를 들고 있는 손이 말해 준다. 손은 지친 기색이고 피로를 감추지 않는다. 벌써 종이를 떨어뜨린다. 종이를 들지 않은 손도 마찬가지로 피로하다. 종이는 그런 티를 내지 않는다.

시간에 반응하지 않을 수 있을까. 오로지 시간에 속해 있는 나날이다. 시간으로 꽉 차 있는 지상에서 시간에 무표정할 수 있으면 좋으련만. 시간에 대응하느라고 다른 것들에 집중하지 못한다. 집중을 해도 곧 거둬들인다. 저녁이 되었기에, 월요일이 돌아왔기에, 청춘이 사라졌기에, 하는 식이다. 청춘이 어디로 사라졌는지 모르겠다. 종이처럼 내 손에서 떨어진 날을 모르겠다. 날마다 시간을 보고 있었는데도 모른다.

몇 년 전에 지인으로부터 천을 선물받았다. 그냥 천이었다. 푸른색의 꽃잎과 다이아몬드 패턴이 흩뿌려져 있는 시원한 느낌의 면직물이었다. 처음에는 약간 의아했던 것이 사실이다. 아마 용도를 알 수 없어서였던 것 같다. 두어 해 상자 속에 머물러 있던 천이 우연히 밖으로 나왔다. 화장대 위에 스킨로션류나 헤어핀 머리빗 같은 자질구레한 것들이 불쑥불쑥 나와 있어 무턱대고 천으로 덮게 된 것이 시작이다. 천이 꽤 큰 편이라 접어서 덮었다. 그랬다가 지금 사는 집으로 이사 와서 보니 작은방에 붙박이장이 있었다. 바닥에 넓은 천을 깔고 그 위에 담요나 작은 이불을 올리면 좋을 것 같아 천은 그쪽으로 옮겨가게 되었다. 붙박이장을 열고 그 안에 넣어둔 것을 꺼낼 때마다 깔려 있는 천을 바라보게 되었다. 안 되겠다 싶어 다시 천을 집어들었다. 천을 활짝 펼치고 푸른색의 넓은 패턴을 아주 세심히 바라보다가 책상으로 돌아와 무릎을 덮었다. 마음이 편안했다.

이제 천이 집안에서 이리저리 옮겨다닌다. 내게로 왔다가 소파 등받이 위에 걸쳐지기도 한다. 패턴 무늬가 아름답다. 패턴을 스스럼없이 펼치기에 천이 어디에 있든 좋다. 잠깐 그런 생각을 해본다. 귀가했을 때 내가 두지 않은 곳에 천이 놓여 있는 것을 발견하면 어떨까. 예를 들면 고양이라도 있어 고양이가 천을 엉뚱한 곳으로 옮겨놓고, 아무렇지도 않게 천을 뒤집어놓으면 어떨까. 고양이가 없지만 벌써 그런 일이 벌어진 것처럼 천을 들고 두리번거린다. 패턴이 흘러내리지나 않았는지 보려다가 새삼 안팎의 색깔을 번갈아 비교하며 살핀다.

12

알 수 없는 감정이 엄습하면 그 감정에 편리하게 이름을 붙인다. 무엇 때문인지 편안하지 않고 몹시 초조하고 신경이 예민해지면 그냥 불안이라고 한다. 불안은 나를 비좁고 녹슬게 한다. 무언가 저항할 수 없는 상태가 되어 무력해지고 가슴이 미어지면 이를 슬픔이라고 말한다. 슬픔은 나를 함락시킨다. 감정들은 대개 눈이 없고 모순적이고 급변하기에 이름을 붙이면 좀 나아진다. 불안이라고 하면 모든 것을 되는대로 내버려두면 된다. 슬픔이라고 하면 뭔가 불손한 시도를 펼쳐본다. 감정이 까불게 한다. 까분다는 말이 좋다. 까부는 것은 무엇이든 붙잡히지 않는다. 까불며 허공을 돌아다니는 날벌레들을 보았던 여름날의 천변이 떠오른다.

13

이사가 많다. 며칠 전에 앞 동에 이사가 있었는데, 오늘도 그쪽에서 이사하는 소리가 들린다. 베란다 문을 열어놓아서 그런지 밖의 소리들이 그냥 들어온다. 소리의 진원지를 바라본다. 사다리가 꽤 높은 층에 걸쳐져 있다. 10층은 훌쩍 넘어 보인다. 사다리 점검이 끝났는지 본격적으로 짐이 들어간다. 부피가 큰 소파나 장롱이 올라가고 박스들이 한꺼번에 실려 올라간다. 적재 판이 오르내리는 움직임을 한참 동안 눈으로 쫓는다.

지금 사는 집으로 이사했던 날이 떠오른다. 작년 12월 추운 겨울날이었다. 짐을 다 들여놓고 새로운 공간에 자리잡은 낯익은 가구들 속에 앉아 밤을 맞이하고 있었다. 어두워지면서 눈이 흩날리기 시작했다. 밤에 잠시 그치는 듯싶더니 다음날 아침에는 많은 눈이 내렸다. 낯선 방에서의 어색한 잠 후에 펼쳐진 하얀 세계는 나를 진정시켜주었다. 정리고 뭐고 일단 눈 내리는 풍경을 바라보았다. 첫 손님을 어떻게 맞아야 할지 몰라 바라보기만 했다. 손님 덕분에 떠난 집을 잊었고 하루밖에 안 된 집에 마음을 얹었다. 그러고 주저앉은 지 1년이 흐른 것이다.

앞으로 몇 번의 이사를 더 하게 될까. 몇 달 전 시집이 나왔을 때 어느 선배 시인에게 책을 보내려고 집주소를 문자로 보내달라고 한 적이 있다. 짧은 주소가 입력된 끝에 "마지막 주소지예요"라고 적혀 있던 글자가 가슴에 남았다. 나의 마지막 주소지는 어디일까. 그곳에서 몇 번의 눈을 보게 될까.

12월

1

눈이 내린다. 눈 속으로 걸어들어가는 사람이 보인
다. 오래전에 보았던 것 같은 뒷모습이다. 내가 알고
있는 사람일까. 그 사람을 부르지 않는다. 다만 보이
지 않을 때까지 바라본다. 그는 눈 속으로 들어가 오
늘보다, 눈보다 더 멀리 나아갈 것만 같다.

2

겨울 햇살은 차갑고 선명하다. 그리고 따뜻하다.
절제가 있다. 겨울 햇살이 창에 머무는 시간, 지상에
내려온 천국의 순간이라 생각한다. 지상의 날들은 보
통 차갑지도 따뜻하지도 않다.

3

겨울에는 자주 차를 끓여 마신다. 생강과 대추를 넣어 끓인다. 파뿌리와 말린 과일도 넣는다. 보통 세지 않은 불에서 두 시간 정도 우려내는데, 집안에 퍼지는 차의 향이 마음을 녹인다. 몸이 아플 때도 이렇게 끓인 차를 마신다. 오늘은 조금 더 작은 불에 더 오래 끓인다. 향과 빛깔이 한층 촘촘할 것 같다.

차가 끓는 동안 주방과 거실을 서성인다. 방에 들어와 한 줄 쓰고 다시 주방으로 나간다. 움직임과 글이 주고받는다. 글을 쓸 때 추상으로 흐르지 않도록 늘 주의한다. 관념과 접점을 보일 수는 있지만 그 속으로 깊숙이 들어가지 않도록 한다. 자신의 세계 속으로 빠져들어가는 문학에 그다지 끌리지 않는다. 밖으로 나오는 쪽이 더 눈에 들어온다. 문학이 아포리즘이 되지 않아야 하는 것이다.

시가 있는 곳은 형이상학이 아니라 지상이다. 세속의 자리다. 세속으로부터의 도피를 경계한 것은 아이러니하게도 절대시를 주창한 벤이었다. 그는 믿음이 없고, 희망이 없고, 아무에게도 향하지 않는 절대 고독의 시를 생각했지만, 그 심연은 역설적으로 지상의 매미 같은 것이었다. 지상에 닿아 있는 울음인 것이다. 그런 점에서 벤은 서정 시인도 형이상학 시인도 리얼리즘 시인도 아니다. 그들 모두의 시인이면서, 그들 모두로 접근할 수 없는 시인이다.

불을 끈다. 약간은 기다린다. 끓는점이 수그러드는 것을 기다린다. 따끈한 차를 좋아하지만 끓는 차는 아니다. 부엌에서 방으로 오가는 사이 그럴듯한 온도를 만날 수 있을 것이다. 그 온도가 오늘 나의 시이길 바란다.

4

오후 네시를 넘어서고 있다. 무거움이 감지되는 시
간이다. 적막한 거실로 나간다. 손이 거칠어졌다고 느
낀다. 가습기의 물이 다 말라버렸다. 물을 보충하고
돌아선다. 카디건을 어깨에 걸치고 서성인다.

여기가 어딘가, 이토록 익숙한 여기가. 이 집은 3층
인데, 지금부터 20년 전에 살았던 집도 3층이었다. 그
집도 지금 여기도 동향이고 크기도 비슷하다. 앞 베란
다가 동향이라 주방 쪽은 서향이 되고, 지는 해를 잘
보여주는 구조다. 네시에서 다섯시에 가까워지면 그
때나 지금이나 겉옷을 걸치고 이리저리 서성인다. 내
가 누군지, 여기가 어딘지 두리번거린다. 나는 그때의
쓸쓸한 내 모습을 보고 있고, 그때 아마도 지금의 돌
이킬 수 없는 내 모습을 보았을 것이다.

무엇을 돌이킬 수 없는가. 숨길 수 없이 느껴지는

것, 소멸이다. 오후에는 내가 소멸되어간다고 느낀다. 하루와 함께, 계절과 함께, 한 해와 함께, 스러지고 없어져간다. 소멸하는 자가 소멸을 감지하는 이상한 경험이 인간이다. 이것을 되돌리지 못하는 완고한 구조가 인간이다. 그래서 끝까지 가게 되어 있다. 소멸을 완성하게 되어 있다. 생각해보면 너무 늦게 깨닫지만, 태어나면서부터 우리는 이 멸실의 과정을 걸어가는 것이다. 이토록 익숙한 느낌, 서성이다가, 돌아서다가, 꼼짝도 하지 않고 서서 숨마저 잦아드는 이것은 다름아닌 소멸이다. 카디건을 걸치고 나는 닳아 없어져간다.

5

노인이 나오는 시를 연달아 두 편 썼다. 그동안 연령이 고려되는 시를 쓰지 않았는데 나도 좀 의아하다. 일부러 피했던 것일까. 인간에게 잠깐 머물렀던 젊음이 일종의 속임수라면, 늙음도 속임수에 지나지 않을 것이다. 그러나 양상은 다르다. 젊음이 모두 다른 컬러의 속임수라면, 늙음은 비슷한 모양으로 오는 속임수이다. 살아오면서 무엇을 손에 지녔든 지니지 않았든, 나이를 먹으면 이제 다 내놓아야 한다. 아무것도 없어도, 없음마저 내놓아야 한다. 마지막에는 목숨도 내놓아야 한다. 이 내놓는 행위조차 속임수라 하더라도 원하는 대로 할 수 없는 속임수라면 진짜에 가깝다.

늙어간다는 것은 진짜에 가까워지는 것이다. 이제 진짜 약탈을 당하고 진짜 실패를 하게 된다. 돌이킬 수 없는 패배의 길에 내몰리게 된다. 이길 수 없는 싸움이다. 바로 그 누구도 아닌, 젊은 시절의 자신과 마주서고 경쟁해야 하는 까닭이다. 여기서 승리하는 자는 없다. 예외 없이 모든 사람이 이 쓸쓸한 길에 들어서고 인생이라는 것이 이렇게 날것의 파멸로 귀결되는 것임을 깨닫게 된다. 그래서인지 길을 걷다가 노인을 보면 숙연해진다. 그는 가장 큰 패배와 슬픔을 가슴에 지닌 자이다. 그는 앞으로 걷고 있지만 피할 수없게 노인의 길에 들어선 것이다. 거리에 노인이 많아진다. 오늘 시에 쓴 구절이다. "우리는 걸어가면서 노인이 되었다."

6

어떤 작가가 좋은 작가인지 모르겠다. 좋은 작가의 기준이라는 것이 있을까. 새로 등장하는 젊은 작가들은 대부분 개성과 힘을 가지고 있다. 가능성도 있다. 이들의 언어는 크든 작든 매력이 있고 기대를 하게 된다. 새로 태어난 언어의 싱그러움도 있다. 예술이라는 것이 젊음과 잘 매칭되는 이유다. 젊음의 미숙함도 예술에는 큰 자산이 된다. 이에 비해 노년의 현명함은 예술에서 경계되기까지 한다.

물론 나는 젊은 작가의 자유로움과 우월을 사랑한다. 그리고 언제나 젊은 시선과 언어의 창출에 대해 고민하고 생각한다. 하지만 최근에는 이 고민의 폭이 더 넓어졌다. 노년이나 말년이라는 말을 할 수 있을 정도로 긴 이력을 지닌 작가들을 더 세심하게 살펴보게 된 것이다. 그리고 이 이력에서 한 가지 중시하는 것이 있다. 젊은 시절의 모험이나 문제의식이 말년에 어떻게 전개되는지를 보는 것이다. 요컨대 좋은 작가의 기준이라는 것이 있다면 후기 작품의 행로를 놓고 판단하는 것이다. 대부분의 경우 후기작은 그 밀도가 약해지거나 아예 사라지게 마련이다. 문제의식도 잘 보이지 않는다. 만약 말년에 작품이 더 어려워지거나 강력해지는 작가가 있다면, 두말할 것 없이 좋은 작가라 할 수 있지 않을까. 평생에 걸친 싸움이 멈추지 않고 더 명확해지고 더 확장되는, 더 험난해지는 작가가 있다면 그는 분명히 젊은 시절부터 좋은 글을 썼음에 틀림없다.

아직도 책상 달력을 사용한다. 작은 날짜 칸에 여러 메모를 한다. 원고 마감이나 약속, 구입할 물건의 목록 같은 것들이 빼곡히 적혀 있다. 검사받은 콜레스테롤 수치도 있다. 어떤 마음에서 비롯된 것인지, 어이없지만 작년의 책상 달력도 아직 한쪽 옆에 있다. 1년 동안이나 왜 버리지 않았는지 진지하게 생각한 적은 없는데, 간혹 작년의 어떤 일이 떠오르면 해당일의 메모를 찾아본다. 그리고 상념에 젖는다. 메모할 무렵의 마음 상태를 떠올리는 것이다. 그렇게 그날 앞에 서 있다가 잠깐 다시 그 속으로 들어간다. 그리고 그날과 오늘을 나란히 배치해본다. 두 날의 관련이 가능하기나 한 것인지 새삼스럽다.

날들이 하루하루 이어지고 있다는 생각을 하게 만들어주는 것 중의 하나가 달력이다. 숫자들의 나열,

다음달로 넘어가는 구성, 1년이라는 단위가 그렇다. 그 크고 작은 칸들의 전시로 인해 날들이 연결되는 인상을 받는다. 비록 작년의 하루와 오늘이 아주 떨어져 있어도 2021년과 2022년의 행렬 속에서 이어진다고 생각하게 된다. 참으로 위안을 주는 기획이다. 두 날이 연결된다면, 시간이라는 것이 전류가 흐르는 순환으로 되어 있다면, 언젠가 놓쳤던 것들을 다시 잡게 될지도 모르니 말이다.

지금 이 순간이 작년의 하루와 어떤 식으로든 접속되어 있다는 것은 상상에 지나지 않는 일이다. 붙어 있는 것도 없고, 이어지는 것도 없고, 시간의 페이지만 계속 넘어간다. 살아온 시간의 총량만 늘어나는 것이다. 날들을 이어붙이는 것은 순전히 의식이다. 얼기설기 솜씨 없이 이어붙인다. 물론 잘 되지 않는다. 하루하루는 연결되지 않고 순간으로만 존재하기 때문이다. 나는 단지 순간을 살아가는 것이고 의식이 이를 시간관념 아래 통합할 뿐이다. 그래서 날들이 월이나 연 같은 시간 안에 들어 있다고 생각한다. 작년의 어느 하루가 2021년 안에 얌전히 들어 있다고 여기는 것이다. 올해가 다 저물어가도록 작년 달력을 버리지 못하는 것도 그러한 의식의 작용일 것이다.

8

가습기에서 물 떨어지는 소리가 들린다. 한 방울에
서 서너 방울씩 연이어 떨어진다. 어떤 소리를 연속해
서 듣는 것이 마음의 평형을 유지하는 데 도움이 된
다. 마음이 삐걱거리고 기울기가 심해질 때면 감각의
중심을 외부로 옮기곤 한다. 외부의 가장 사소하고 일
정한 리듬에 가닿으면 본래의 무심을 회복하는 느낌
이다.

무심으로 생생할 수도 있을까. 가능한 것 같다. 오
히려 무심해야 생생하게 받아들일 수 있다. 불안과 그
늘은 세계의 탄성을 받아들이지 못한다. 불가피하게
불안에 몸이 담겨 있다가도 그것을 벗어나야만 확장
된 글을 쓸 수 있다. 무심한 순간이 가장 좋다. 무심한
순간이 가장 넓다.

다시 물방울 소리가 들린다. 물방울 소리뿐 아니

다. 시계 초침 소리도 들린다. 물방울 소리와 초침 소리가 앞서거니 뒤서거니 하며 공간을 채운다. 나의 호흡, 맥박을 그 소리들에 맞춘다. 나는 균일해지고 평형을 유지하고, 스스로 짧은 순간들이 되어 사소해진다. 더 바라는 것이 없다. 또르륵 한두 방울 물 떨어지는 소리가 전부일 뿐이다.

9

겨울의 절정을 지나고 있다. 겨울에는 많은 것이 스러지고 단순해져서 편안해지는 느낌이다. 사람들이 성탄절 트리를 하고 장식용 불빛을 나무나 건물에 매다는 것은 단순함에 변화를 주려는 시도일 것이다. 올해는 이런 시도 없이, 계절에 손대지 않고 그냥 두어도 좋을 것 같다. 거실 구석에 연말 행사처럼 세워놓던 트리를 올해는 걸러볼까. 하려는 일도 추위 핑계로 축소하거나 미루다보면 무위의 미지근함 속에 몸을 담그는 느낌을 갖게 된다. 그런데 이 태만이 편안함을 준다.

태만은 겨울에 어울린다. 편안해서 입는 헐렁한 옷 같다. 겨울옷들은 대개 크고 풍성하다. 실내에서는 보통 허리를 조이지 않는 홈웨어 원피스를 입는데, 쓸쓸한 느낌이 들면 이 위에 팔 없는 조끼를 걸치고 덧신을 신는다. 실내를 천천히 오가는 것은 태만을 향유하는 일이다. 읽을거리라도 들고 소파에 주저앉으면 겨울이 맵고 찬 것이 아니라 허술하고 낡은, 오래된 집이 된다. 겨울은 틈이 많다. 냉혹한 바람 사이로 맑은 햇살 한줄기라도 들어오면 그 속에 발을 내밀어본다.

무늬 없는 겨울이다. 이것저것 내려놓으면서, 사실은 인생의 초기부터 이렇게 불가피하게 내려놓는 삶을 살았던 것이라는 생각을 한다. 문학을 하면서 아예 이러한 삶으로 들어선 것이다. 내려놓는다기보다 속하지 않는 삶이라는 표현이 더 맞을 것 같다. 겨울처럼 열정에도, 욕망에도 속하지 않는 것이다. 태만과 무위는 비슷한 것이고, 나는 겨울과 비슷하다.

10

글을 쓰는 삶을 살았고, 마지막까지 글을 쓰는 모습으로 남을 거라는 생각은 위로를 준다. 글은 지칭한다. 제시한다. 음악도 미술도 제시하지만, 글에 비해 직정적이고 그러면서 몽롱하다. 글과 글의 언어는 절대로 세계와 존재에 바로 닿지 못하지만, 기호에 불과하지만, 그럼에도 불구하고 바로 가리킨다. 슬프다, 라고 말할 수 있는 것은 얼마나 직접적인가. 마음을 울리는 슬픈 음악을 듣고 형언할 수 없는 색채를 보는 것에는 이르지 못하지만, 그저 간단하게 지금 슬프다, 라고 표현할 수 있는 것은 얼마나 구원에 가까운가.

슬프다라고 글로 썼을 때 비로소 슬픔을 바라보고 받아들일 수 있다. 언어를 붙잡는다는 것은 거의 기적에 가까운 일이다. 인간이기에 할 수 있는 무모하고 부질없는, 최대치의 행위이다. 인식할 수 있는 기호로 자신을 인식하려는 가장 소박한 소망이다. 슬픔이라는 말로 슬픔을 붙잡고 나는 슬픔을 지나갈 수 있다. 글은 지나가게 해준다. 그리고 결국 글만 홀로 남는다.

11

한 해의 마지막날이다. 차를 두 번 마시고 커피를 한잔 마신다. 오전과 오후에 두 번 모든 창을 열고 환기를 한다. 음악은 끈다.

찻잔과 커피잔을 한꺼번에 씻는다. 주방 쪽으로 난 작은 창을 통해 오후가 기울어가는 것을 바라본다. 고요하고 잔잔한 일몰이다. 오늘은 올 1년의 무게를 전혀 지니고 있지 않다. 그냥 오늘이고 오후이다. 1년이 기울어가는 시간이라는 최종성도 느껴지지 않는다. 한 해 동안의 높고 낮은 톤도, 멈추지 않는 발산도 지금은 보이지 않는다. 오늘은 그냥 오늘에 수렴되고 있다. 나도 오늘에 수렴되고 있다. 작고 조용한 날에.

날짜 없는 일기 1

내가 없는 쓰기

ⓒ 이수명 2024

1판 1쇄 발행 2023년 6월 20일	**펴낸곳** (주)난다
2판 1쇄 발행 2024년 11월 20일	**출판등록** 2016년 8월 25일
	제406-2016-000108호
지은이 이수명	**주소** 10881 경기도 파주시 회동길 210
펴낸이 김민정	**전자우편** nandatoogo@gmail.com
책임편집 유성원	**페이스북** @nandaisart
편집 김동휘 권현승	**인스타그램** @nandaisart
디자인 퍼머넌트 잉크	**문의전화** 031-955-8865(편집)
저작권 박지영 형소진 최은진 오서영	031-955-2689(마케팅)
마케팅 정민호 박치우 한민아 이민경 박진희	031-955-8855(팩스)
황승현	
브랜딩 함유지 함근아 박민재 김희숙 이송이	
박다솔 조다현 배진성	
제작 강신은 김동욱 이순호	
제작처 더블비(인쇄) 경일제책사(제본)	ISBN 979-11-94171-22-5 03810

◇ 이 책의 판권은 지은이와 (주)난다에 있습니다.

◇ 이 책 내용의 전부 또는 일부를 재사용하려면 반드시 양측의 서면 동의를 받아야 합니다.

◇ 난다는 (주)문학동네의 계열사입니다.

◇ 잘못된 책은 구입하신 서점에서 교환해드립니다.

 기타 교환 문의: 031) 955-2661, 3580

ㄴㄴ〉〈ㄷㄴ